BASTEI
LÜBBE

Taschenbücher von CHRISTOPHER PIKE
im BASTEI-LÜBBE-Programm

74001 Die Mitternachts-Freunde
74002 Laras letzte Party
74003 Gefährliches Rendezvous
74004 Die ewige Feindin
74005 Nachrichten aus der Zukunft
74006 Der blonde Vampir
74007 Der blonde Vampir · 2. Teil: Schwarzes Blut
74008 Todesmelodie
74009 Der schwarze Dom

CHRISTOPHER PIKE

Der blonde Vampir

Teil 3

Der rote Würfel

Unheimlicher Thriller

Ins Deutsche übertragen
von Peter Beyer

BASTEI LÜBBE

BASTEI-LÜBBE-TASCHENBUCH
Band 74 010

Erste Auflage:
Dezember 1996

Deutsche Lizenzausgabe 1996
by Bastei-Verlag
Gustav H. Lübbe GmbH & Co.,
Bergisch Gladbach
Originaltitel: The Last Vampire 3:
Red Dice
Lektorat: Karin Schmidt
Titelbild: Jan Balaz
Umschlaggestaltung:
Quadro Grafik, Bensberg
Satz: Digital-Offset-Druck
W. Steckstor, Bensberg
Druck und Verarbeitung:
Ebner, Ulm
Printed in Germany

ISBN 3-404-74010-6

1. KAPITEL

Ich bin ein Vampir. Blut macht mir nichts aus. Ich stehe sogar drauf. Selbst mein eigenes Blut anzusehen macht mir keine Angst. Was aber mein Blut bei anderen anrichtet – bei der ganzen Welt, um genau zu sein –, das jagt mir Schrecken ein. Gott hat mir einmal den Schwur abgenommen, keine neuen Vampire in die Welt zu setzen. Früher habe ich an Gott geglaubt. Doch mein Glaube ist in meinem langen Leben zu oft erschüttert worden. Ich bin Alisa Perne, die heute vergessene Sita, das Kind eines Dämonen. Ich bin das älteste lebende Wesen auf dieser Welt.

Ich wache auf und befinde mich in einem Wohnzimmer, das den Geruch des Todes in sich trägt. Ich sehe, wie mein Blut durch eine dünne Plastikröhre in den Arm des FBI-Sonderagenten Joel Drake tröpfelt. Als er die Augen schloß, war er noch ein Mensch; jetzt lebt er das Leben eines Vampirs. Ich habe mein Versprechen gebrochen, das ich Gott Krishna gab. Dabei hatte Joel mich gar nicht darum gebeten, ihn zu einem Vampir zu machen. Im Gegenteil: Er hatte es mir verboten, hatte mich gebeten, ihn in Frieden sterben zu lassen. Aber ich habe nicht auf ihn gehört. Deshalb stehe ich nicht mehr unter Krishnas Schutz, nicht mehr in seiner Gnade. Vielleicht ist das ja auch gut so. Vielleicht sterbe ich ja bald. Vielleicht aber auch nicht.

Ganz so leicht sterbe ich nämlich nicht.

Ich ziehe mir den Schlauch aus dem Arm und stehe auf. Vor meinen Füßen liegt die Leiche von Mrs. Fender, der Mutter von Eddie Fender, der ebenfalls tot ist und im Eisschrank am Ende des Flurs liegt. Bevor ich ihm den Kopf abschlug, war Eddie ein Vampir, und zwar ein sehr mächtiger. Ich steige über die Leiche seiner Mutter und mache mich auf die Suche nach einer Uhr. Beim Kampf gegen die

Mächte der Dunkelheit muß mir meine Armbanduhr abhanden gekommen sein. Über dem Küchenofen tickt eine Uhr. Es ist zehn vor zwölf, und draußen ist es dunkel.

Ich war fast vierundzwanzig Stunden lang ohne Bewußtsein.

Joel wird bald aufwachen, und dann müssen wir los. Aber die Spuren meines Kampfes mit Eddie will ich dem FBI nicht zur Untersuchung überlassen. Ich habe gesehen, wie Eddie Yaksha, meinem Schöpfer, Blut abgenommen und für sich genutzt hat, und deshalb muß ich dieses widerliche Haus hier bis auf die Grundmauern zerstören. Ich habe einen feinen Geruchssinn und ein ausgezeichnetes Gehör. Die Kühlpumpe des riesigen Eisschranks hinten wird nicht elektrisch betrieben, sondern mit Benzin. Ich rieche Benzin auf der rückseitigen Veranda. Ich werde es hier überall hinkippen, Joel aufwecken und dann ein Streichholz anzünden. Feuer gefällt mir, obwohl es mich zerstören kann. Wer weiß: Wenn ich nicht Vampir geworden wäre, dann vielleicht Pyromane.

Das Benzin befindet sich in zwei Hundert-Liter-Stahltanks. Weil ich so kräftig wie zig Männer bin, fällt es mir nicht schwer, beide auf einmal anzuheben. Ich bin jedoch überrascht, wie leicht sie mir vorkommen. Bevor ich ohnmächtig wurde, schwebte ich zwischen Leben und Tod, so wie Joel. Jetzt aber fühle ich mich stärker als jemals zuvor. Es gibt auch einen Grund dafür. Bevor ich Yaksha im Meer begrub, gab er mir alles Blut, was er noch in den Adern hatte. Er gab mir seine Kraft, und erst jetzt wird mir klar, wie groß diese war. Trotzdem grenzt es an ein Wunder, daß ich Eddie besiegen konnte, denn Eddie hatte auch von Yaksha getrunken. Vielleicht ist mir Krishna ja ein letztes Mal zu Hilfe gekommen.

Ich bringe die Behälter ins Wohnzimmer. Eddies Leiche, seinen abgetrennten Kopf und selbst sein verkrustetes Blut hole ich aus dem Eisschrank. Ich bringe alles ins Wohnzimmer und bereite dort einen schönen Grillplatz vor. Dann nehme ich mir Couch und Tische vor und mache daraus Kleinholz. Brennholz, genauer gesagt. Das Geräusch bringt Joel dazu, sich zu rühren, er wacht jedoch nicht auf. Ob Joel wie mein geliebter Ray sein und sich sträuben wird, von Lebenden zu trinken? Hoffentlich nicht. Ich habe Ray mehr als alles andere geliebt, aber als Vampir war er eine absolute Nervensäge.

Ich muß an Ray denken.

Er ist noch nicht einmal zwei Tage tot.

»Mein Schatz«, flüstere ich. »Ich trauere um dich.«

Zeit für Kummer gibt es nicht; eigentlich nie. Auch nie für Freude, denke ich verbittert. Nur für Leben, Schmerz und Tod. Gott hat diese Schöpfung nicht geplant. Für ihn war sie ein Witz, ein Traum. In einem meiner Träume hat Krishna mir einmal viele Geheimnisse verraten. Aber vielleicht hat er mich dabei ja belogen. Das wäre typisch für ihn gewesen.

Gerade als ich fertig damit bin, das Benzin zu verteilen und die Bude auseinanderzunehmen, höre ich, wie draußen Autos näherkommen. Sie haben keine Sirenen eingeschaltet, ich weiß aber trotzdem, daß es Polizeiautos sind. Polizisten fahren anders als normale Leute. Schlechter. Sie fahren schneller, und die Beamten in diesen Einsatzwagen haben es eilig, hier anzukommen. Meine Ohren sind extrem gut, und ich kann mindestens zwanzig Fahrzeuge heraushören. Was führt sie hierher?

Ich schaue Joel an. »Wollen sie Eddie holen?« frage ich ihn. »Oder mich? Was hast du deinen Vorgesetzten erzählt?«

Vielleicht bin ich zu vorschnell mit meinem Urteil, zu streng. Los Angeles hat in letzter Zeit viel Merkwürdiges erlebt, viele Morde, die auf das Konto von Übermenschen gehen. Vielleicht hat Joel mich gar nicht hintergangen, jedenfalls nicht mit Absicht. Vielleicht habe ich mich selbst hintergangen. Ich bin nachlässig geworden auf meine alten Tage. Rasch gehe ich auf Joel zu und schüttele ihn durch.

»Wach auf«, sage ich. »Wir müssen weg hier.«

Schläfrig öffnet er die Augen. »Du siehst so anders aus«, flüstert er.

»Du bist es, der anders ist. Deine Augen.«

Plötzlich wird ihm bewußt, was geschehen ist. »Hast du mich zu einem anderen gemacht?«

»Ja.«

Er schluckt. »Bin ich noch ein Mensch?«

Ein Seufzer dringt mir über die Lippen. »Du bist ein Vampir.«

»Sita.«

Ich lege ihm einen Finger auf den Mund. »Später. Erst mal müssen wir hier schleunigst weg. Jede Menge Bullen im Anmarsch.« Ich ziehe ihn auf die Beine, und ein Stöhnen kommt über seine Lippen. »In ein paar Minuten wirst du dich kräftiger fühlen. Kräftiger als jemals zuvor.«

In der Küche finde ich ein Plastikfeuerzeug, und wir marschieren auf die Haustüre zu. Doch noch bevor wir ankommen, höre ich, wie draußen drei Streifenwagen mit quietschenden Reifen halten. Wir rennen zur Rückseite, aber dort bietet sich das gleiche Bild. Mit gezogener Waffe sind die Bullen aus den Autos gesprungen; die blaurot flackernden Einsatzlichter graben sich in den Nachthimmel hinein. Weitere Fahrzeuge kreuzen auf, monströse Panzerwagen mit Spezialkommandos. Scheinwerfer werden aufgeblendet und tauchen das Haus in gleißendes Licht. Wir sind umzingelt. Solche Situationen behagen mir nicht. Anders gesagt, sie behagen mir sehr: in meiner Eigenschaft als Vampir nämlich. Ich will damit sagen, wenn ich in die Ecke gedrängt werde, bringt das meine bösartigsten Seiten zum Vorschein. Meine Abscheu vor Gewalt, die ich mir vor kurzem zugelegt hatte, vergesse ich rasch wieder. Als ich im Mittelalter einmal von einem wütenden Mob umzingelt war, habe ich über hundert Männer und Frauen umgebracht.

Natürlich hatten die damals noch keine Schußwaffen.

Eine Kugel in den Kopf könnte mich wohl schon töten.

»Bin ich wirklich ein Vampir?« fragt Joel, noch immer bemüht, Schritt zu halten mit dem, was geschehen ist.

»Ein FBI-Agent bist du nicht mehr«, murmele ich.

Er richtet sich auf und schüttelt sich. »Bin ich wohl. Jedenfalls denken sie das. Laß mich mit ihnen reden.«

»Warte.« Ich muß nachdenken. »Ich kann nicht zulassen, daß sie Eddies Überreste untersuchen. Wer weiß denn, was mit seinem Blut dann noch alles passiert? Wer weiß, was sein Blut noch immer anrichten kann? Ich muß es vernichten, und um das zu tun, muß ich das Haus hier niederbrennen.«

Draußen ertönt eine barsche Stimme. Über Megaphon fordert uns ein Mann auf, mit erhobenen Händen herauszukommen. Was für eine phantasielose Art und Weise, uns zum Aufgeben zu bringen.

Joel wußte, was mit Eddie los war. »Ich wunderte mich schon, wieso hier alles nach Benzin stinkt«, sagt er. »Mach hier ruhig ein Feuerchen, da habe ich kein Problem mit. Aber was dann? Du kannst doch nicht gegen diese ganze Armee angehen.«

»Ach, kann ich nicht?« Ich spähe aus dem Vorderfenster und richte den Blick hoch in den Himmel. Sie haben einen Helikopter. Und wieso? Alles nur, um den gefürchteten Serienmörder festzunehmen? Na ja, so eine Bestie verlangt schon einen Großeinsatz. Und doch: Mir ist, als gäbe es noch einen anderen Grund für diese Massenversammlung. Es erinnert mich an die Situation, als Slim, der von Yaksha gedungene Mörder, zu mir kam. Slims Leute waren gewarnt worden, daß ich kein normaler Mensch sei. Ergebnis war, daß ich ihnen beinahe entkommen wäre. Auch diese Leute hier müssen Bescheid darüber wissen, daß mit mir etwas nicht stimmt.

Fast kann ich ihre Gedanken lesen.

Komisch.

Schon immer habe ich die Gefühle meiner Gegenüber deutlich spüren können. Aber jetzt auch noch Gedanken? Welche Macht hat Yakshas Blut mir verschafft?

»Alisa«, sagt Joel und nennt mich damit bei meinem neuzeitlichen Namen. »Selbst du kannst diese Umkreisung nicht durchbrechen.« Er merkt, daß ich in Gedanken versunken bin. »Alisa?«

»Sie glauben, daß sich ein Monster hier drinnen verborgen hält«, flüstere ich. »Ich kann hören, was sie denken.« Ich packe Joel. »Was hast du ihnen über mich erzählt?«

Er schüttelt den Kopf. »Bloß ein bißchen.«

»Hast du ihnen verraten, daß ich übernatürliche Kräfte besitze? Daß ich schnell bin?«

Er zögert einen Moment, stößt dann einen Seufzer aus. »Ich habe ihnen wohl zu viel erzählt. Aber daß du ein Vampir bist, das wissen sie jedenfalls nicht.« Jetzt starrt auch er durch die Vorhänge nach draußen. »Die Art und Weise, wie die Leute umkamen – sie wurden in Stücke gerissen –, hat ihren Verdacht ausgelöst. Sie hatten meine Akte über Eddie Fender und damit auch die Adresse seiner Mutter. So müssen sie uns hier aufgespürt haben.«

Ich schüttele den Kopf. »Ich kann mich nicht ergeben. Das ist gegen meine Natur.«

Er nimmt meine Hand. »Gegen alle kannst du nicht ankommen. Du wirst sterben.«

Ich muß lächeln. »Von denen da würden noch ein paar mehr sterben.« Mein Lächeln verfliegt. »Aber wenn ich hier Widerstand leiste, wirst du auch dabei draufgehen.« Ich bin unschlüssig. Was er sagt, macht Sinn. Aber mein Herz spielt nicht mit. Mir ist, als bräche das Schicksal über mir herein. Widerwillig sage ich zu ihm: »Sprich mit ihnen. Sag, was du für richtig hältst. Aber eins verspreche ich dir: Ich werde nicht aus diesem Haus hier gehen, ohne es vorher in Brand zu stecken. Es wird keine weiteren Eddie Fender mehr geben.«

»Ich verstehe.« Er dreht sich zur Türe hin, bleibt dann stehen. Mit dem Rücken zu mir gewandt, sagt er: »Ich verstehe auch, warum du es getan hast.«

»Verzeihst du mir?«

»Wäre ich sonst gestorben?« will er wissen.

»Ja.«

Er lächelt leise, dreht sich aber nicht zu mir um. Ich spüre sein Lächeln. »Dann muß ich dir ja verzeihen«, meint er. Er faßt nach dem Türgriff. »Hoffentlich ist mein Chef draußen.«

Durch einen Spalt im Vorhang verfolge ich das Geschehen. Joel gibt sich zu erkennen, und eine Gruppe von FBI-Agenten kommt auf ihn zu. Daß sie vom FBI sind, erkenne ich an ihren Anzügen. Joel ist einer von ihnen. Er sieht genau so aus wie gestern. Sie behandeln ihn aber nicht wie einen Freund. Augenblicklich wird mir klar, wie weit ihr Verdacht reicht. Sie haben begriffen, daß die tödliche Seuche, die sich über Los Angeles ausgebreitet hat, übertragbar ist. Eddie und ich haben zu viele Leichen hinterlassen. Außerdem fällt mir der Bulle ein, den ich freigelassen habe. Der, dessen Blut ich gekostet habe. Der, dem ich erzählt habe, daß ich ein Vampir bin. Seine Vorgesetzten dürften ihm nicht alles abgekauft haben, werden aber wohl annehmen, daß ich so eine Art Dämon aus der Hölle bin.

Sie legen Joel Handschellen an und zerren ihn in ein gepanzertes Fahrzeug. Bevor er drinnen verschwindet, wirft er mir noch einen verzweifelten Blick zu. Verdammt, warum habe ich auch auf ihn gehört? Jetzt muß auch ich mich in das Fahrzeug bringen lassen. Vor allem muß ich nahe bei Joel bleiben. Keine Ahnung, was er ihnen erzählen wird. Keine Ahnung, was sie mit seinem Blut anstellen.

Mir wird klar, daß eine Menge von ihnen draufgehen werden.

Das Einsatzkommando entsichert die Waffen.

Erneut fordern sie mich auf, mich zu ergeben.

Ich knipse das Feuerzeug an und halte es an das Holz, das ich um Eddies Leiche herum aufgetürmt habe. Ich sage seinem widerlichen Kopf auf Nimmerwiedersehen, sage ihm: Das Eis, das du in der Hölle lutschst, möge dir deine zersprungenen und blutüberströmten Lippen kühlen. Während sich unmittelbar hinter mir das Inferno ausbreitet, schreite ich gelassen über die Türschwelle.

Sie sind sofort bei mir. Noch bevor ich die Absperrung erreiche, drehen sie mir die Arme nach hinten und legen mir Handschellen an. Sie lesen mir noch nicht einmal meine Rechte vor. Mit unterdrücktem Grinsen stelle ich mir vor, daß sie mir so etwas vortragen werden wie: »Sie haben das Recht auf einen halben Liter Blut. Wenn Sie das nicht bezahlen können, wird sich das Gericht ein wenig für Sie zur Ader lassen.« Sie verfrachten mich nach hinten in das Panzerfahrzeug hinein, in das sie auch Joel gesteckt haben. Na klar: Sie werden mir alle Rechte gewähren, die mir als amerikanischer Staatsbürgerin zustehen. Hinter mir mühen sie sich gerade damit ab, das Feuer zu löschen. Wie schade, daß sie zwar allerhand an Gewehren und anderer Feuerwaffen mitgebracht, ihre Feuerwehrautos aber leider zu Hause vergessen haben. Das Haus ist der reinste Scheiterhaufen. Eddie Fender wird nichts und niemand hinterlassen, der die Menschheit weiter gefährdet.

Und was ist mit mir? Mit Joel?

Man hat unsere Beine am Wagen festgekettet. Uns gegenüber auf einer Metallbank sitzen drei Männer mit automatischen Waffen. Das einzige Licht über uns wirft einen gespenstischen Schatten auf sie. Keiner sagt einen Ton. Vorne neben dem Fahrer sitzen zwei weitere bewaffnete Männer. Einer von ihnen trägt eine Schrotflinte, der andere eine Maschinenpistole. Eine offenbar kugelsichere Scheibe trennt die beiden von uns. Sie ist auch schalldämmend. Und ich könnte sie jederzeit mit meinem kleinen Finger zerbrechen.

Aber was ist mit der Mini-Armee um uns herum? Mit dieser kann ich nicht so einfach fertigwerden. Die Tür wird geschlossen, wir setzen uns in Bewegung, und ich höre ein Dutzend Autos um uns herum. Über dem ganzen kreist der Hubschrauber, richtet seinen Scheinwerfer auf unser Fahrzeug. Ihre Vorsichtsmaßnahmen grenzen schon an Übertreibung. Sie wissen, daß ich zu außerordentlichen Dingen imstande bin. Diese Erkenntnis dringt mir tief ins Bewußtsein. Fünftausend Jahre lang – von ein paar einzelnen Vorfällen einmal abgesehen – bin ich unerkannt durch die menschliche Geschichte hindurchgekommen. Jetzt hat man mich ans Licht gezerrt. Jetzt bin ich der Feind. Ganz gleich, wie die Sache hier ausgeht, ob wir davonkommen oder bei dem Versuch draufgehen: Mein Leben wird niemals das gleiche sein.

Meine Kreditkarten werde ich wohl zerreißen müssen.

»Wohin bringt ihr uns?« will ich wissen, da ich aus der bisherigen Fahrtrichtung nichts erkennen kann.

»Schnauze!« sagt der in der Mitte. Er sieht aus wie ein Ausbilder, hat ein gegerbtes Gesicht mit tief eingegrabenen Falten von all den hinausgebellten Befehlen. Er trägt eine kugelsichere Weste, genau wie seine Kameraden. Die würde mir sicher auch gut stehen, überlege ich. Ich fasse ihn ins Auge und schenke ihm ein leichtes Lächeln.

»Was ist denn los?« frage ich. »Haben Sie Angst vor einer jungen Frau?«

»Ruhig jetzt«, schnauzt er mich an. Unruhig rutscht er dabei hin und her, bewegt seine Waffe. Mein Blick ist starke Medizin. Er kann Löcher in Gehirnneuronen brennen. Meine Stimme wirkt hypnotisch, wenn ich das möchte. Ich könnte einen Grizzly in den Schlaf singen. Mein Lächeln wird breiter.

»Kann ich eine Zigarette haben?« frage ich.

»Nein«, entgegnet er schlichtweg.

So weit wie möglich lehne ich mich vor. Trotz all ihrer Vorkehrungen sind diese Leute hier doch nicht so gut präpariert wie die von Slim. Yaksha hatte veranlaßt, daß sie Handschellen aus einer speziellen Legierung mitbrachten, die selbst ich nicht aufbrechen konnte. Diese Handschellen kann ich wie Papier zerreißen. Aber diese Spezialeinsatzleute hier sitzen dicht nebeneinander und haben insgesamt drei Waffen unmittelbar auf mich gerichtet. Durchaus denkbar, daß sie mich töten, bevor ich sie ihnen alle abnehmen kann. Ich muß also raffinierter vorgehen.

Relativ raffiniert jedenfalls.

»Ich weiß nicht, was sie euch über mich erzählt haben«, fahre ich fort. »Aber es war bestimmt total daneben. Ich habe nichts Böses angestellt. Außerdem ist mein Freund hier FBI-Agent. Es ist nicht in Ordnung, wie er hier behandelt wird. Ihr solltet ihn freilassen.« Ich starre dem Mann tief in die Augen, und alles, was er jetzt noch sieht, sind meine dunklen Pupillen, die immer größer werden, so daß er förmlich in ihnen zu versinken droht. Meine Stimme ist sanft. »Ihr solltet ihn *jetzt* freilassen.«

Der Mann greift nach den Schlüsseln, zögert dann jedoch. Das Zögern ist ein Problem. Den Willen eines anderen zu manipulieren – so etwas klappt entweder gut oder gar nicht. Seine Kollegen beobachten ihn und trauen sich nicht recht, mir in die Augen zu sehen. Der jüngste erhebt sich halb von der Bank. Ihn hat plötzlich der Schrecken gepackt, und er bedroht mich mit der Waffe.

»Halt dein verdammtes Maul!« brüllt er mich an.

Ich lasse mich zurücksinken und kichere. Währenddessen fasse ich ihn ins Visier. Seine Furcht hat ihn verletzlich gemacht; er ist leichte Beute. »Wovor haben Sie denn Angst?« frage ich. »Daß Ihr Vorgesetzter mich freiläßt? Oder daß Sie sich ihm zuwenden und ihn erschießen?« Ich bohre ihm meinen Blick förmlich in den Kopf hinein. »Tja, Sie könnten ihn erschießen. Ja, ja, das wäre schon ziemlich spaßig.«

»Alisa!« mahnt mich Joel leise, dem mein Spielchen nicht besonders zusagt.

Der junge Mann und der Kommandant tauschen besorgte Blicke. Der dritte Kerl hat sich aufgerichtet und atmet schwer; er kriegt gar nicht so recht mit, was hier geschieht. Aus den Augenwinkeln heraus sehe ich, wie Joel den Kopf schüttelt. Er soll mich ruhig auch mal von meiner schlechten Seite kennenlernen, finde ich. Ist die beste Art, unsere neue Beziehung zu beginnen: ohne Illusionen. Mein Blick rast vom Kommandanten zum Jungen. Die Temperatur in ihrem Gehirn steigt an. Langsam, langsam richten sich die Waffen auf die Brust des jeweils anderen. Ich muß aber noch ein gutes Stück arbeiten, wenn sie mich freilassen oder sich gegenseitig umbringen sollen. Dabei ist das gar nicht notwendig. Ich kann es auch auf meine Art machen. Echt: Ich will sie bloß ein bißchen durcheinanderbringen ...

Bevor ich sie auseinandernehme.

Weil sie ihre Waffen nicht mehr auf mich richten, sind sie angreifbar geworden. Urplötzlich ziehe ich die Beine hoch und zerbreche die Fußketten. Der dritte Mann, der, den ich in Ruhe gelassen habe, reagiert schnell. Schnell nach menschlichen Maßstäben. Im Vergleich zu einem fünftausend Jahre alten Vampir reagiert er wie in Zeitlupe. Als er nach dem Abzug seiner Waffe greift, schlage ich mit dem rechten Fuß aus und zerquetsche ihm die schußsichere Weste, das Brustbein und das Herz, das darunter geschlagen hat. Jetzt schlägt es nicht mehr. Der Mann krümmt sich qualvoll und bricht tot zusammen.

»Hätte mir doch lieber ein Zigarettchen geben sollen«, sage ich zum Kommandanten, während ich meine Handschellen zersprenge und seinen Kopf packe. Er verdreht die Augen, bewegt die Lippen. Er will mir irgend etwas sagen, sich vielleicht sogar entschuldigen. Ich bin aber gerade nicht in Stimmung dafür. Ich habe ihm den Schädel gebrochen, bevor er noch recht weiß, wie ihm geschieht.

Dann schaue ich zu dem jüngeren hinüber.

Jetzt hat er noch mehr Angst als vorhin.

Ich starre ihn einfach an. Seine Waffe hat er vergessen.

»Stirb!« flüstere ich bestimmt. Wenn ich schon einmal durchdrehe, dann ist mein Wille wie Gift, und jetzt, mit Yakshas Blut in den Adern, ist das Gift noch tödlicher als das einer Kobra. Der junge Mann fällt zu Boden.

Sein Atem erstirbt.

Joel sieht aus, als müsse er sich gleich übergeben.

»Töte mich!« beschwört er. »Das hier halte ich nicht aus.«

»Ich bin, was ich bin.« Ich breche seine Ketten auf. »Du wirst werden, was ich bin.«

Verbittert gibt er zurück: »Niemals.«

Ich nicke. »Das gleiche habe ich Yaksha auch einmal gesagt.«

Meine Stimme wird weicher, und ich nehme ihn in den Arm. »Ich kann nicht zulassen, daß sie dich oder mich hinter Gitter bringen. Vielleicht laufen hier dann bald tausend Eddies herum.«

»Sie wollen doch bloß mit uns reden«, meint er.

Ich schüttele den Kopf und schaue zu den Männern vorn im Wagen. Bis jetzt haben sie noch nicht bemerkt, was mit ihren Kameraden geschehen ist. »Sie wissen, daß wir keine normalen Menschen sind«, flüstere ich.

»Ohne mich kannst du viel leichter entkommen«, bittet mich Joel. »Dann müssen nicht so viele Menschen sterben. Laß mich zurück. Laß sie mich töten. Es macht mir nichts aus.«

»Du bist ein tapferer Mann, Joel Drake.«

Er verzieht das Gesicht, als er sich anschaut, was ich mit den anderen angestellt habe. »Ich habe mein Leben damit verbracht, anderen zu helfen. Nicht, sie zu vernichten.«

Sanft blicke ich ihm in die Augen. »Ich kann dich nicht einfach sterben lassen. Du weißt ja nicht, was ich geopfert habe, um dich am Leben zu lassen.«

Er hält inne. »Was hast du denn geopfert?«

Ich seufze. »Die Liebe Gottes.« Ich wende mich den Männern auf dem Vordersitz zu. »Das besprechen wir später.«

Ein letztes Mal hält Joel mich auf. »Töte nicht, wenn du nicht dazu gezwungen bist.«

»Ich tue, was ich kann«, verspreche ich.

Das kugelsichere Glas ist fünf Zentimeter dick. Obwohl ich wegen des Wagendachs gezwungen bin, mich etwas zu ducken, kann ich mich doch weit genug vom Boden abheben, um zwei schnelle Tritte gegen die Trennscheibe zu landen. Meine Beine sind außergewöhnlich stark. Das Glas zerspringt in tausend kleine Scherben. Bevor sich die beiden Bewaffneten umdrehen können, habe ich sie schon gepackt und mit den Köpfen aneinandergeknallt. Übel zugerichtet sacken sie zu Boden. Bewußtlos, nicht tot. Ich greife mir den Revolver aus dem Hüftholster des Fahrers und halte ihm die Mündung an den Kopf.

»Die Männer hinten sind tot«, flüstere ich ihm ins Ohr. »Schauen Sie in den Rückspiegel, dann sehen Sie, daß es stimmt. Sie hingegen habe ich leben lassen. Weil ich so ein nettes Mädchen bin. Nett und gemein. Wenn Sie mir sagen, wohin wir fahren, bin ich nett zu Ihnen. Wenn nicht, oder wenn Sie versuchen, Ihre Leute hinter uns auf der Straße zu alarmieren, dann reiße ich Ihnen die Augen heraus und schlucke sie hinunter.« Ich mache eine Pause. »Wohin fahren sie uns?«

Er hat Mühe, etwas herauszubekommen. »C-14.«

»Ist das eine Polizeistation?«

»Nein.«

»Was denn? Los!«

Vom Schrecken gepackt, räuspert er sich. »Ein Hochsicherheitstrakt.«

»Wem gehört er?«

Er schluckt. »Der Regierung.«

»Gibt 's da Labors?«

»Ich weiß nicht. Ich hab' bloß Geschichten darüber gehört. Ich glaub' schon.«

»Interessant.« Ich stoße ihm ganz leicht mit dem Revolver an den Kopf. »Wie heißen Sie?«

»Lenny Treber.« Er wirft mir einen nervösen Blick zu. Schweiß rinnt ihm in Strömen hinab. »Wie heißen *Sie*?«

»Ich habe viele Namen, Lenny. Wir sind hier ganz schön in der Klemme. Sie und ich und mein Freund. Wie kommen wir wieder raus?«

Er zittert am ganzen Leib. »Ich verstehe nicht.«

»Ich will nicht nach C-14. Ich will, daß Sie mir helfen, hier aus dem Netz herauszuschlüpfen. Wenn Sie mir helfen, geschieht das zu Ihrem Vorteil und zu dem Ihrer Kollegen. Ich will nicht, daß ein paar Dutzend Frauen als Witwen zurückbleiben.« Ich halte inne. »Sind sie verheiratet, Lenny?«

Er holt tief Luft, will sich beruhigen. »Ja.«

»Haben Sie Kinder?«

»Ja.«

»Sie wollen doch nicht, daß Ihre Kinder ohne Vater aufwachsen, oder?«

»Nein.«

»Wie können Sie dann mir und meinem Freund helfen?«

Es fällt ihm schwer, sich zu konzentrieren. »Ich weiß nicht.«

»Da muß Ihnen aber schon noch etwas Besseres einfallen. Was passiert, wenn sie über Funk durchgeben, daß Sie 'ne Pinkelpause einlegen müssen?«

»Das nehmen die mir nicht ab. Dann kriegen die mit, daß ihr euch befreit habt.«

»Ist der Wagen hier schußsicher?«

»Ja.«

»Was hat man Ihnen über mich erzählt?«

«Daß Sie gefährlich sind.«

»Was sonst?« hake ich nach.

Er ist den Tränen nahe. »Sie haben gesagt, daß Sie mit bloßen Händen jemanden umbringen können.« Jetzt erst kriegt er mit, daß ich dem Kommandanten das Gehirn zerschmettert habe. Ein grausiger Anblick, selbst für meine Maßstäbe. Ein Schauer läuft Lenny über den Körper. »O mein Gott!« keucht er.

Ich klopfe ihm liebevoll auf den Rücken. »Ich habe meine schlechten Seiten«, gebe ich zu. »Aber Sie dürfen mich nicht nach ein paar Leichen hier beurteilen. Ich will Sie nicht umbringen, Lenny, jetzt, wo wir uns doch schon beim Vornamen nennen. Denken Sie sich einen anderen Weg aus, damit wir der Eskorte entkommen.«

Er bemüht sich.

»Es gibt keinen. Dieser Job hier hat die höchste Sicherheitsstufe überhaupt. Sie eröffnen das Feuer, sobald ich versuche, mich davonzumachen.«

»So lauten die Befehle?«

»Ja. Sie dürfen unter keinen Umständen entkommen.«

Das lasse ich mir durch den Kopf gehen. Sie müssen doch mehr über mich wissen, als Lenny glaubt. Wie ist das möglich? Habe ich denn so viele Spuren hinterlassen? Ich muß ans Kolosseum denken, daran, daß ich Leuten das Genick gebrochen habe; ich muß an die Speere denken, die ich geschleudert habe. Ja, wahrscheinlich ist es so.

»Ich werde ausbrechen«, sage ich Lenny, hebe die zu Boden gefallene Maschinenpistole auf und nehme mir auch die Schrotflinte vom Vordersitz. Außerdem reiße ich einem der Männer die Schutzweste herunter. »So oder so.«

»Sie werden schießen!« protestiert Lenny.

»Laß sie doch.« Aus den Taschen der Männer hole ich mir Munition für beide Waffen. Ich deute auf Joel, der sich nach wie vor noch daran gewöhnen muß, Vampir zu sein. Er starrt im Inneren des Wagens umher, als sei er total weggetreten. »Zieh eine dieser Westen an«, sage ich ihm.

»Muß denn geschossen werden?« fragt er.

»Es wird jede Menge geschossen werden.« Ich wende mich Lenny zu. »Wieviel schafft der Wagen?«

»Hundertzwanzig in der Stunde.«

Ich stöhne. »Ich brauche ein Polizeiauto.«

»Jede Menge da: vor uns und hinter uns«, meint Lenny.

Ich schaue auf den Hubschrauber am Himmel. »Die hängen ziemlich dicht über dem Boden.«

»Sie sind schwer bewaffnet«, meint Lenny. »Die lassen euch nicht entkommen.«

Ich klettere neben ihn nach vorne und schiebe die Männer beiseite. Die Schutzweste ist mir ein bißchen zu groß. »Sie meinen, ich sollte mich ergeben?«

»Ja.« Schnell fügt er hinzu: »Das ist bloß meine Meinung.«

»Wenn Sie das hier überleben wollen, befolgen Sie nur meine Befehle«, entgegne ich ihm. Ich schaue mir die Wagen vor und hinter uns an. Es sind insgesamt sechzehn, und in jedem sitzen jeweils zwei Beamte. Dann gibt es noch mindestens drei Zivilfahrzeuge mit FBI-Agenten. Noch immer bin ich überrascht darüber, wie schnell sie Joel verhaftet haben. Sie haben ihn kaum zu Wort kommen lassen. Ich ziehe ihn zu mir. »Komm her. Wir wechseln jetzt gleich die Fahrzeuge.«

Joel streckt den Kopf zu mir vor. Die Weste hat er sich übergezogen. »Der Hubschrauber ist ein Problem«, meint er. »Egal, wie gut du fährst oder wie viele Bullenautos du ausschaltest: Der bleibt immer bei uns und strahlt uns voll an.«

»Mag sein. Schnall dich an.« Ich stemme einen Fuß gegen das Armaturenbrett und deute auf eine kleine Seitenstraße, der wir uns nähern. »An der Stelle, Lenny, biegst du scharf links ab. Vollgas, sobald wir drin sind.«

Lenny steht der Schweiß auf der Stirn. »Okay.«

Ich reiche Joel Lennys Revolver. »Halt mir den Rücken frei.« Ich halte inne und fasse ihn genauer ins Auge. »Du bist doch auf meiner Seite, oder?«

Joel zögert. »Ich werde niemanden umbringen.«

»Wirst du versuchen, mich umzubringen?«

»Nein.«

Ich gebe ihm den Revolver. »In Ordnung.« Die Seitenstraße kommt näher. »Mach dich fertig, Lenny. Keine Tricks. Bring einfach so viel Abstand zwischen die und uns wie möglich.«

Lenny schert nach links aus. Das Sträßchen ist eng; unser Wagen jagt mit hoher Geschwindigkeit hindurch. Mülltonnen und irgendwelche Kisten fliegen um. Die Reaktion der Bullen folgt postwendend. Die Hälfte ihrer Autos klemmt sich hinter uns. Aber die Hälfte ist schon mal besser als alle, und außerdem können sie, eingepfercht, wie sie hier sind, nicht so ganz einfach auf uns losballern.

Leider führt unser Gäßchen über mehrere Straßen hinweg. Zum Glück ist es Mitternacht, und es herrscht kaum Verkehr. An der ersten Kreuzung haben wir Schwein. Doch zwei Polizeiwagen bleiben bei einem Zusammenstoß auf der Strecke. Auch an der zweiten Kreuzung kommen wir davon. Auf der dritten knallen wir seitlich auf das einzige Auto weit und breit, einen offenen Lieferwagen mit Orangen auf der Ladefläche. Die Früchte purzeln über unseren Wagen. Lenny ist mit dem Kopf gegen das Lenkrad gestoßen und scheint benommen. Er kriegt noch einen Schlag auf den Kopf, als ein Einsatzwagen von hinten auf uns auffährt. Das ist es, was ich wollte: eine Karambolage.

»Komm schon!« rufe ich Joel zu.

Ich springe aus dem Wagen, hebe die Maschinenpistole an und feuere eine Salve auf die Autos hinter uns. Sie sind eingeklemmt, aber bald werden sich reihenweise andere Autos an unsere Fersen heften. Über uns stößt der Hubschrauber gefährlich nahe herunter. Der Scheinwerfer ist im Moment genau auf mich gerichtet. Durch das grelle Licht hindurch erkenne ich einen Scharfschützen, der an der geöffneten Tür steht und ein Präzisionsgewehr anlegt. Ich richte die Schrotflinte auf ihn, drücke den Abzug und pumpe die Ladung in ihn hinein. Dem Mann fliegt die Schädeldecke weg. Leblos stürzt er auf das Dach eines nahegelegenen Gebäudes.

Fertig bin ich noch nicht.

Mein nächster Schuß zerstört den Scheinwerfer. Der dritte trifft den kleinen vertikalen Rotor hinten. Das Rotorblatt stottert, dreht sich jedoch weiter. Noch einmal jage ich eine Ladung hinein, und dieses Mal gibt der Propeller seinen Geist auf. Der vertikale Rotor verhindert Rumpfdrehungen und sorgt außerdem für Ruderkontrolle. Mit anderen Worten: Er stabilisiert den Helikopter. Sofort verfällt das Fluggerät in unkontrolliertes Schlingern. Zum Entsetzen der zuschauenden Polizeibeamten sackt der Hubschrauber weiter ab und prallt zwischen ihren Einsatzwagen auf. Eine gewaltige Explosion folgt, mehrere Polizisten werden erschlagen, andere werden Opfer des Feuers. Die allgemeine Verwirrung nutzend, beuge ich mich in den Wagen hinein und hole Joel heraus. Schneller als dies irgendein Mensch könnte, rennen wir die Straße hinunter.

Die ganze Sache hat sich in kaum zehn Sekunden abgespielt.

Bis jetzt haben sie keinen einzigen Schuß auf uns abgefeuert.

Eine zweite Kaskade von Bullenautos kommt um die Ecke.

Ich werfe mich mitten auf die Straße und gebe mit der Schrotflinte zwei Schüsse auf die Windschutzscheibe des ersten Wagens ab. Beide Insassen sind auf der Stelle tot. Das Fahrzeug gerät außer Kontrolle und rammt ein parkendes Auto. Die Streifenwagen dahinter legen eine Vollbremsung hin. Eine Salve aus meiner Maschinenpistole läßt die Insassen aus den Wagen springen und in Deckung kriechen. Ich laufe auf das zweite Auto zu, decke dabei Joel mit meinem Körper ab. Für die Polizisten sind meine Bewegungen nur als huschende Schatten zu erkennen. Sie kriegen mich nicht zu fassen. Trotzdem eröffnen sie das Feuer, und ich stehe im

Kugelhagel. Meine Weste bekommt einiges ab, hält aber dicht. Doch erwischt mich eine Kugel über dem linken Knie. Ich gerate ins Stolpern, bleibe aber aufrecht. Wieder werde ich getroffen, dieses Mal in den rechten Oberarm. Irgendwie schaffe ich es bis zum zweiten Streifenwagen und schiebe Joel hinein. Ich will fahren. Ich blute, und der Schmerz ist gräßlich, aber ich habe im Moment wirklich keine Zeit, mich darum zu kümmern.

»Kopf runter!« befehle ich Joel und lege einen Gang ein. Als wir uns davonmachen, bekommen wir die nächste Salve ab. Ich beherzige mein eigenes Kommando und ducke mich. Front- und Heckscheibe zerbersten. Feine Glassplitter legen sich wie ein Schleier über meine langen, blonden Haare. Um sie wieder herauszukriegen, werde ich wohl ein Spezialshampoo brauchen.

Wir kommen davon, doch natürlich ist unser Fluchtwagen nicht gerade unauffällig. Ich nehme die Hafen-Schnellstraße, fahre Richtung Norden und hoffe, möglichst viel Abstand gegenüber unseren Verfolgern zu gewinnen. Ich drücke das Gaspedal durch, schlängele mich an den wenigen Autos vorbei. Doch zwei Polizeiwagen bleiben mir auf den Fersen. Schlimmer noch: Ein weiterer Helikopter ist am Himmel aufgetaucht. Sein Pilot hat die Lektion seines Vorgängers gelernt. Er hält seinen Hubschrauber hoch. Aber nicht so hoch, daß er uns nicht genau erkennen könnte.

»Vor einem Helikopter können wir uns nicht verstecken«, sagt Joel wieder.

»Das hier ist eine große Stadt«, gebe ich zurück. »Es gibt eine Menge Plätze, wo man sich verstecken kann.«

Er bemerkt, daß ich blutverschmiert bin. »Wie schlimm bist du verletzt?«

Interessante Frage, denn meine Wunden sind – im Verlauf nur weniger Minuten – schon völlig verheilt. Yakshas Blut ist wirklich ein bemerkenswerter Trank.

»Mir geht es gut«, sage ich. »Hat es dich erwischt?«

»Nein.« Er hält inne. »Wie viele Tote hat es gegeben, seit das hier angefangen hat?«

»Zehn auf jeden Fall. Versuch, sie nicht zu zählen.«

»Ist es das, was du in den letzten paar tausend Jahren getan hast? Du hast aufgehört zu zählen?«

»Ich habe aufgehört nachzudenken.«

Ich habe ein Ziel vor Augen. Mir ist klar, daß wir auf dieser Schnellstraße nicht lange bleiben können, und deshalb habe ich beschlossen, daß wir, um den Helikoptern zu entkommen, uns selbst einen besorgen müssen. Auf den Dächern einiger Wolkenkratzer in Los Angeles gibt es Hubschrauberlandeplätze, auf denen Helikopter darauf warten, Manager zu wichtigen Geschäftsbesprechungen zu bringen. Ich kann einen Helikopter fliegen. Ich kann jedes Gerät bedienen, das die Menschheit hervorgebracht hat.

Ich nehme die Ausfahrt Third Street. Mittlerweile hängen zehn Streifenwagen hinter mir. Als ich die Ausfahrt runterfahre, bemerke ich eine Reihe von Bullen, die gerade damit beschäftigt sind, vor mir eine Straßensperre zu errichten. Ich steuere auf die Gegenfahrbahn, fahre an ihnen vorbei und rase Richtung Osten auf die höchsten Gebäude zu. Aber schon bald wird mir der Weg von einer neuen Kolonne Polizeiautos verstellt. Das halbe Einsatzkommando der Stadt muß hinter uns her sein. Ich bin gezwungen, das Steuer herumzureißen und auf die Tiefgarage eines Gebäudes zuzuhalten, das ich nicht kenne. Eine Holzschranke senkt sich herab, um mir die Einfahrt zu verwehren, aber ich halte nicht an, um das grüne Knöpfchen zu drücken und ein Ticket zu lösen. Tut die Herde meiner Verfolger auch nicht. Wir lassen uns durch das Hindernis nicht aufhalten. Mir springt ein Hinweisschild für einen Aufzug ins Auge, und ich trete voll auf die Bremse. Knapp neben der Türe kommen wir zum Stillstand. Wir springen heraus und drücken den Knopf. Während wir auf den Aufzug nach oben warten, lasse ich noch einmal Blei auf unsere Verfolger regnen. Es gibt erneut Tote. Ich habe Joel angelogen. Ich zähle sie nämlich doch: drei Männer und eine Frau bekommen Kugeln ins Gesicht. Ich bin eine sehr gute Schützin.

Der Aufzug kommt, und wir hasten hinein.

Ich drücke auf den obersten Knopf. Nummer neunundzwanzig.

»Können sie den Aufzug von unten her lahmlegen?« frage ich, während ich nachlade.

»Ja. Aber um rauszufinden, wie, brauchen sie ein paar Minuten.« Er zuckt mit den Schultern. »Aber das spielt doch alles keine Rolle. Sie werden eine Armee um das Gebäude herum postieren. Wir sind in der Falle.«

»Du irrst dich«, sage ich.

Auf der Dachetage steigen wir aus. Hier befinden sich die teueren Suiten. Anwaltskanzleien, plastische Chirurgen und Anlageberater. Aber die Immobilienpreise in Los Angeles sind überteuert, und so stehen eine Reihe der Büros leer. Ich trete die Tür des nächstgelegenen ein, gehe an der großen Fensterfront entlang und nehme die angrenzenden Gebäude in Augenschein. Ich muß über die Straße und ein paar Gebäude hinüber, um zum nächsten Wolkenkratzer zu gelangen, der einen Landeplatz auf dem Dach hat. Verdammt: Warum bin ich kein märchenhafter Film-Vampir und kann fliegen?

Immerhin kann ich in einem einzigen Satz über Gebäude springen.

Joel tritt neben mich. Unter uns versammeln sich die Vertreter von Recht und Ordnung. Zwei weitere Helikopter sind am Nachthimmel erschienen. Ihre gleißenden Scheinwerfer streichen über die Fassaden der umliegenden Gebäude.

»Mit dem Aufzug werden sie nicht hochkommen«, sagt Joel. »Sie kommen erst dann, wenn sie uns oben wie unten umzingelt haben.« Er machte eine Pause. »Was tun wir jetzt?«

»*Ich* werde einen neuen olympischen Rekord aufstellen.« Ich deute auf das Gebäude gegenüber. Sein Dach liegt von uns aus betrachtet nur drei Stockwerke tiefer. »Ich werde rüberspringen.«

Er ist schwer beeindruckt. »Das ist weit. Schaffst du das wirklich?«

»Mit Anlauf schon. In ein paar Minuten komme ich zurück, in einem Helikopter. Ich lande hier auf dem Dach. Warte auf mich.«

»Und wenn du das Dach da drüben verfehlst?«

Ich zucke mit den Schultern. »Ganz schön langer Weg nach unten.«

»Würdest du den Sturz überleben?«

»Wohl schon. Aber ich bräuchte Zeit zum Gesundwerden.«

»Komm nicht zurück«, meint Joel. »Klau den Helikopter und hau ab.«

»Kommt nicht in Frage.«

Er klingt ernst.

»Es sind schon zu viele Menschen gestorben. Selbst wenn wir hier wegkommen, kann ich nicht leben mit dem Gedanken an diese Schuld. All die Toten...«

Ich werde ungeduldig. »Kapierst du nicht, wie gefährlich du für die menschliche Rasse bist? Selbst noch als Toter. Sie könnten dir Blut abnehmen, es Tieren injizieren oder sich selbst – genau wie Eddie es getan hat. Und nachdem sie gesehen haben, wozu wir imstande sind, werden sie das auch tun wollen. Glaub mir, ich töte heute abend nur deshalb, damit die Welt morgen in Sicherheit aufwachen kann.«

»Ist das wirklich wahr, Sita? Du würdest sterben, um damit all diese Männer und Frauen zu retten?«

Ich wende mich ab. »Ich würde sterben, um dich zu retten.«

Seine Stimme ist weich. »Was hast du geopfert, um mich am Leben zu halten?«

Wenn ich könnte, würde ich weinen. »Das habe ich dir doch gesagt.«

»Ich habe es nicht begriffen.«

»Macht nichts. Es ist geschehen.« Ich drehe mich wieder zu ihm hin. »Wir haben später noch Zeit, darüber zu reden.«

Er faßt meine Haare an; kleine Glassplitter fallen zu Boden. »Du vermißt ihn.«

»Ja.«

»Als ich zusehen mußte, wie er starb, wußte ich noch nicht, wieviel er dir bedeutete.«

Ein trauriges Lächeln gleitet über mein Gesicht. »Man weiß nichts über jemanden – erst wenn er oder sie stirbt.«

»Ich kann seine Stelle nicht einnehmen.«

Ich nicke schwach. »Das weiß ich.« Schließlich schüttele ich den Kopf. »Ich muß los.«

Er will mich umarmen. »Das hier ist vielleicht unser Abschied.«

»Noch ist es nicht vorbei.«

Bevor ich zu meinem waghalsigen Sprung ansetze, trete ich die Scheibe ein, die mir im Weg steht. Das alarmiert die Hubschrauber, die in der Luft schweben, aber ich gebe ihnen keine Zeit, mich einzukreisen. Ich trete von der Fensterfront zurück, nehme nur die Schrotflinte mit und überlasse Joel die Maschinenpistole.

»Hast du Höhenangst?« will er wissen.

Ich küsse ihn. »Du kennst mich noch nicht. Ich habe vor überhaupt nichts Angst.«

Ich atme tief ein und nehme Anlauf. Mit weniger als zehn Schritten bin ich auf voller Geschwindigkeit. Mein Gleichgewichtssinn und meine Fähigkeit, Entfernungen einzuschätzen, sind unübertroffen. Ich treffe genau die Bodenkante des zersplitterten Fensters und befinde mich plötzlich in der Luft.

Selbst für jemanden wie mich ist der Flug zwischen den beiden Gebäuden atemberaubend. Es hat den Anschein, als schwebe ich eine Ewigkeit lang, als bewege ich mich entgegen den Gesetzen der Schwerkraft nach vorne. Die Scheinwerfer der Helikopter können mir nicht folgen. Ich schnelle im Dunkel hoch, einer riesigen Fledermaus gleich, und lasse mir die kühle Luft ins Gesicht wehen. Die winzigen Figuren unten recken die Köpfe zum Himmel und starren das Unmögliche an. Beinahe muß ich lachen. Die albernen Sterblichen hatten schon geglaubt, sie hätten mich in der Falle. Falsch geglaubt.

Weil ich so viel Schwung habe, verläuft die Landung nicht ganz glatt. Ich rutsche über das Dach und mache eine Rolle vorwärts. Als ich endlich zum Stillstand komme und mich aufrichte, blute ich. Verzweifelt mühen sich die Helikopter über mir, in Schußposition zu kommen. Sie lassen mir keine Zeit zum Atemholen. Gerade als ich mich an den nächsten Sprung mache, pfeifen vor mir Kugeln durch die Gegend.

Die nachfolgenden Sprünge zwischen den Gebäuden spielen sich alle auf der gleichen Straßenseite ab und sind nicht so dramatisch wie der erste. Der letzte Sprung allerdings, hinüber auf den Wolkenkratzer mit der Hubschrauberlandefläche, stellt sich als der schwierigste von allen heraus. Weil ich nicht zwanzig Stockwerke hinauf auf das Dach eines Gebäudes springen kann, versuche ich gar nicht erst, auf dem Dach zu landen. Sondern mitten in das Gebäude hinein – einfach durch die Fensterfront. Ich hoffe nur, daß ich nicht gegen Beton und Stahlträger zwischen den Etagen knalle.

Wieder kommen die Verfolger in den Hubschraubern hinterher, feuern mit Maschinengewehren.

Noch einmal hole ich Anlauf.

Wie eine massive schwarze Wand kommen mir die Fenster des Wolkenkratzers entgegen. Unmittelbar vor dem Aufprall beuge ich mich zurück und strecke die Füße aus. Leider lande ich ungünstig, und zwar auf einer Reihe von Schreibtischen. Die Wucht des Aufpralls ist immens, selbst für mich. Auf einem Berg ruinierter PCs und Büroklammern komme ich endlich zum Stillstand. Hier bleibe ich erst einmal eine Minute liegen, um wieder Atem zu holen. Mittlerweile bin ich von oben bis unten mit Blut besudelt. Doch noch während ich das Gesicht vor Schmerz verziehe, schließen sich die Wunden wieder, und die Knochen, die ich mir gebrochen habe, fügen sich wieder zusammen.

Draußen bekomme ich Gesellschaft. Einer der Hubschrauberpiloten schafft es, auf meine Höhe abzusinken. Sein Helikopter schwebt direkt vor dem zersprungenen Fenster und läßt den gleißenden Scheinwerfer über den Büroraum gleiten. An Bord des Hubschraubers befinden sich drei Männer, der Pilot inbegriffen. Durch die Trümmer hindurch erkenne ich, daß es den Bordschützen am Finger juckt. Ich stelle mir vor, wieviel angenehmer ich es fände, einen Militärhubschrauber vor mir zu haben als einen zivilen. Aber leichtsinnig ist der Pilot nicht. Er hält den Hubschrauber ständig in Bewegung. Aufzuspringen wäre gefährlich für mich. Da habe ich einen besseren Plan.

Humpelnd richte ich mich auf. Mein rechtes Schienbein ist noch immer gebrochen, wird aber sehr bald wieder in Ordnung sein – Gott segne Yakshas Blut. Als der Scheinwerferstrahl sich in den Raum schiebt und dort harte Schatten wirft, gehe ich hinter den Schreibtischen in Deckung. In engem Bogen zieht sich der Helikopter mal frontal auf das Loch zu, mal näher auf die Stelle hin, wo ich mich verborgen halte. Weil die Scheiben getönt sind, fällt es mir leichter, ihren Bewegungen zu folgen als umgekehrt, es sei denn, sie richten ihre Suchscheinwerfer frontal auf mich. Offenbar nehmen sie an, daß ich in der Nähe des Fensters liege – verletzt, möglicherweise im Sterben.

»Komm her, Schätzchen«, flüstere ich.

As sie zum dritten Mal auf mich zuschwenken, ramme ich durch das Fenster vor mir und schieße auf sie. Zuerst schalte ich den Bordschützen aus. Seine Nase paßt mir einfach nicht. Als nächstes ist der Scheinwerfer fällig. Dann halte ich auf den Treibstofftank. Wie schon gesagt: Für ein buntes Feuerwerk oder eine affengeile Explosion bin ich immer zu haben. Kaum habe ich den Finger gekrümmt, detoniert der Hubschrauber in einem gewaltigen Feuerball. Der Pilot schreit auf, und Flammen verschlingen ihn. Der andere Mann wird seitlich herausgeschleudert. Stückchenweise. Der Motor geht aus, und die Maschine driftet abwärts. Ich höre, wie ganz unten Leute schreien. Weit oben, zu meiner Rechten, höre ich, wie die beiden anderen Helikopter abdrehen. Sie haben den Spaß am Kämpfen verloren.

Auf dem Weg zum Aufzug komme ich an einem Wachmann vorbei. Er schaut kaum hoch. Obwohl ich voller Blut und bewaffnet bin, wünscht er mir einen schönen Abend. Ich lächele ihn an.

»Wünsche ich Ihnen ebenfalls«, entgegne ich.

Der Aufzug bringt mich nach oben zum Dachgeschoß. Dort habe ich keine Mühe, eine kleine Leiter aufs Dach zu finden. Nicht einer, sondern gleich zwei Helikopter warten darauf, uns in die Freiheit zu befördern. Beide haben Düsenantrieb, und das freut mich. Sie sind sicher genauso schnell wie die der Bullen, wenn nicht sogar noch schneller. Unglücklicherweise hat hier ein Sicherheitsmann Dienst. Ein alter Mann, der sich hier wahrscheinlich seine magere Rente aufbessert. Er wirft mir einen kurzen Blick zu und kommt dann auf mich zugelaufen. Er trägt eine Waffe, zieht sie aber nicht. Seine Brillengläser sind bemerkenswert dick; er schielt hindurch und betrachtet mich von oben bis unten.

»Sind Sie ein Bulle?« fragt er mich.

Ich bringe es nicht übers Herz, ihn anzulügen. »Nein. Im Gegenteil. Ich bin die, die gerade draußen den Hubschrauber runtergeholt hat.«

Er ist fasziniert. »Ich habe zugesehen, wie Sie von Gebäude zu Gebäude gesprungen sind. Wie machen Sie das?«

»Steroide.«

Er schlägt sich auf die Schenkel. »Hab ich mir's doch gedacht! Die Drogen, die die jungen Leute heutzutage nehmen. Was wollen Sie? Einen von den Hubschraubern hier?«

Ich richte meine Schrotflinte auf ihn. »Ja. Bitte geben Sie mir die Schlüssel. Ich will Sie nicht dafür umbringen müssen.«

Rasch hebt er die Hände hoch. »Das brauchen Sie auch nicht. Die Schlüssel stecken im Zündschloß. Können Sie einen Helikopter fliegen?«

Ich lasse die Waffe wieder baumeln. »Ja. Ich habe Flugstunden genommen. Machen Sie sich keine Sorgen um mich.«

Er begleitet mich zur nächstgelegenen Maschine, einer Bell 230. »Dieses Bürschchen hat eine Reichweite von mehr als fünfhundert Kilometern. Sie wollen sicher weit raus aus der Stadt. Im Radio und Fernsehen wird über Sie geredet; man nennt Sie eine Bande arabischer Terroristen.«

Lachend klettere ich ins Cockpit. »Zerstören Sie deren Illusionen nicht. Erzählen Sie ihnen bloß, Sie wären von überlegenen Kräften überwältigt worden. Schließlich kann Ihnen nichts daran liegen, wenn die Leute erfahren, daß Sie sich von einer jungen Frau 'nen Hubschrauber vor der Nase haben wegschnappen lassen.«

»Und dann auch noch von einer Blondine«, stimmt er mir zu. »Passen Sie auf sich auf!«

Er macht die Türe hinter mir zu, und ich hebe ab.

Joel abzuholen stellt sich als leichteste Übung des Abends heraus. Die Polizeihubschrauber halten sich beinahe zwei Kilometer zurück. Sie sind es nicht gewohnt, vom Himmel geholt zu werden. Die Flammen des gerade abgestürzten Hubschraubers breiten sich über die Fassade des Wolkenkratzers aus. In der Ferne sehe ich noch den Rauch vom ersten Helikopter aufsteigen. Joel schüttelt den Kopf, als er zu mir ins Cockpit klettert.

«Jetzt werden sie ewig hinter uns herjagen«, meint er.

»Wer weiß, vielleicht haben sie ja auch Angst vor mir«, scherze ich.

Wir brechen auf in Richtung Nordosten. Ich will unbedingt raus aus dem Stadtgebiet und hinein in die Wildnis, irgendwohin, wo wir untertauchen können. Vielleicht in die nahegelegenen Berge. Unser Hubschrauber ist schnell, macht mehr als dreihundert Sachen die Stunde. Überraschenderweise bleiben uns die Polizeihubschrauber nicht auf der Pelle. Und nicht etwa deswegen, weil wir schneller wären als sie, denn das bezweifele ich. Sie lassen vielmehr den Abstand zwischen sich uns auf mindestens dreißig Kilometer anwachsen. Diese Entfernung läßt bei mir allerdings kein Gefühl der Sicherheit aufkommen, denn mir ist klar, daß sie uns nach wie vor im Blickfeld haben, auch wenn wir tief runtergehen und unterhalb des Radars fliegen, haben wir nichts gewonnen. Sie warten auf irgend etwas, spielen auf Zeit.

»Verstärkung«, murmele ich in mich hinein, während wir in dreihundert Meter Höhe über die schlafende Stadt hinwegfliegen.

Joel nickt. »Sie haben schwerere Waffen angefordert.«

»Armeehubschrauber?«

»Wahrscheinlich.«

»Aus welcher Richtung werden sie kommen?«

»Südlich von hier gibt es eine große Kaserne. Halte dich nördlich.«

»Das hatte ich auch vor, sobald wir am Cajon Paß sind.« Der Paß führt in die Wüste, ebenfalls ein schönes Plätzchen zum Verstecken. Highway 15 durchquert den Paß und führt dann nach Las Vegas.

»So lange solltest du nicht warten«, rät Joel.

«Verstehe.« Doch die Versuchung, den Abstand zu unseren Verfolgern noch zu vergrößern, ist stark. Sie gibt mir die gefährliche Illusion von Sicherheit. Je weiter wir voranko mmen, desto mehr lockt sie mich. Jetzt im Winter sind die Berge nämlich schneebedeckt, und auch wenn mir die Kälte nichts ausmacht, mag ich sie doch nicht besonders. Bei unserer gegenwärtigen Geschwindigkeit ist es nicht mehr weit zum Cajon Paß. Sobald wir ihn überquert haben, lassen wir die Stadt endgültig hinter uns und können uns in jede Richtung orientieren.

Ich stelle die Frage, auf die ich mich schon lange vorbereitet habe.

»Hast du Durst?«

Er ist zurückhaltend. »Wie meinst du das?«

Ich schaue zu ihm hinüber. »Wie fühlst du dich?«

Er holt tief Luft. »Ich habe Fieberkrämpfe.«

Ich nicke. «Du benötigst Blut.«

Er braucht Zeit, um zu begreifen. »Trinkst du wirklich das Blut anderer Leute? Wie in den Geschichten, die man sich erzählt?«

»In den Geschichten liegt ein Körnchen Wahrheit. Man darf sie aber nicht allzu wörtlich nehmen. Als Vampir brauchst du Blut, um zu überleben. Du brauchst aber die Person, von der du trinkst, nicht zu töten, und sie wird durch den Kontakt mit dir auch nicht selbst zum Vampir. Du kannst dich auch von Tierblut ernähren. Das wirst du aber unbefriedigend finden.«

»Brauche ich jeden Tag Blut?«

»Nein. Alle paar Tage. Am Anfang wirst du dich aber jeden Tag danach sehnen.«

»Und was passiert, wenn ich keins trinke?«

»Dann stirbst du qualvoll«, sage ich.

»Oh! Muß ich trotzdem weiter ganz normal essen?«

»Ja. Du wirst hungrig werden wie zuvor auch. Wenn nötig, kannst du aber auch lange ohne Essen auskommen. Auch deinen Atem kannst du unglaublich lange anhalten.«

»Und was ist mit der Sonne? Du hast doch mit mir in der Sonne gesessen.«

»Stimmt. Das ist aber nichts, worin du dich gleich zu Anfang versuchen solltest. Die Sonne bringt dich zwar nicht um, wird dich aber irritieren, zumindest während der ersten Jahrhunderte. Selbst heute, nach fünftausend Jahren, bin ich lange nicht so stark, wenn die Sonne hoch steht. Alles andere, was du über Vampire gehört hast, kannst du vergessen. Kruzifixe, weiße Rosen, fließendes Wasser – das kann dir alles nichts anhaben. Bram Stoker hat seinen Roman bloß ein bißchen aufgepeppt, als er davon geschrieben hat.« Ich halte inne. »Weißt du eigentlich, daß ich ihn mal getroffen habe?«

»Hast du ihm verraten, daß du Vampir bist?«

»Nein, aber er hat gemerkt, daß mit mir etwas Besonderes ist. Er hat mir mein Exemplar von *Dracula* signiert und wollte meine Adresse haben. Ich hab' sie ihm aber nicht gegeben.« Ich halte mir das Handgelenk an den Mund. »Ich öffne jetzt meine Adern, denn du solltest etwas von meinem Blut trinken.«

Er wird zappelig. »Hört sich irre an.«

»Es wird dir gefallen. Ich schmecke gut.«

Kurz darauf starrt Joel leicht widerwillig auf meine blutende Pulsader. Aber er ist nicht wie Ray. Er hat durch seine Arbeit oft genug Blut gesehen, und der Anblick verursacht ihm keine Übelkeit. Nach ein paar Minuten saugt er dann sogar gierig an meinem Handgelenk. Ich muß ihm Einhalt gebieten, bevor er seinen Durst gestillt hat. Ich darf nicht zulassen, daß meine Kräfte schwinden.

»Wie fühlst du dich jetzt?« frage ich ihn, als ich den Arm wieder zurückziehe.

»Kräftig. Heiß drauf.«

Ich muß lachen. »Nicht jedes Mädchen kann das für dich tun.«

»Können wir mit einem Pfahl durchs Herz getötet werden?«

Das Lachen bleibt mir im Hals stecken. Seine Frage bringt

mir den Schmerz der Verletzung zurück, die ich erlitt, als mein Haus in die Luft flog und Yaksha dabei vorgeblich umkam. Der Schmerz in der Brust ist noch immer wach, hat aber nachgelassen, seit ich Yakshas Blut getrunken habe. Was Yaksah wohl jetzt von mir halten würde, nachdem ich das Versprechen gegenüber Krishna gebrochen habe, keine neuen Vampire zu erschaffen? Nachdem ich so viele unschuldige Menschen umgebracht habe? Bestimmt würde er sagen, daß ich verflucht bin.

Ich vermisse Yaksha. Und Ray. Und Krishna.

»So kannst du getötet werden«, antworte ich mit ruhiger Stimme.

Zehn Minuten später erreichen wir die Bergspalte, und ich halte mich nach Norden, gewinne dabei an Höhe. Der Paß liegt fast anderthalb Kilometer über dem Meeresspiegel. Die Polizeihubschrauber sind nun fünfzig Kilometer hinter uns, nichts als kleine blinkende Pünktchen am Nachthimmel. Höchstens vier Stunden Nacht stehen uns noch bevor. Bevor sie um sind, muß ich für Joel und mich ein Versteck gefunden haben, wo wir ausruhen und die nächsten Schritte planen können. Während mein Blick nach links und rechts wandert, denke ich darüber nach, wie ich den Helikopter loswerden kann. Die Klippen auf dem Paß bieten mehr Verstecke an, als die Wüste es tun wird. Aber noch will ich nicht landen. Ich habe da noch so eine Idee, wie unsere Verfolger abzuschütteln sind.

Was, wenn ich den Helikopter in einen See stürzen lasse? Er würde versinken und – hoffentlich – keine Spuren hinterlassen.

Ein guter Plan. Der Benzinanzeiger bestimmt, daß ich mich für den nächstgelegenen See entscheide, für Big Bear oder Arrowhead. Aber erneut sträube ich mich dagegen, in das verschneite Gebirge hinein zu steuern. Als sozusagen Neugeborenem wird es Joel dort nicht besonders gut ergehen. Ich erinnere mich daran, wie kälteempfindlich ich war, nachdem Yaksah mich verändert hatte. Vampire, Schlangen, die Abkömmlinge der Yakshinis – wir stehen alle eher auf Wärme.

Was ich brauche, ist eine Sanddünenoase mit einem See mittendrin.

Wir fliegen über den Paß hinweg und in die Wüste hinein.

Unter uns streckt sich die trostlose Landschaft aus.

Die Zeit vergeht. Ich kann keinen Verfolger mehr sehen.

»Ewig können wir hier nicht mehr bleiben«, meint Joel schließlich.

»Weiß ich.«

»Worauf wartest du dann noch?«

»Lake Mead.« Der Hoover-Damm ist bloß zwanzig Minuten entfernt, schätze ich.

Doch ich habe zu lange gewartet.

Fünf Minuten später sichte ich zwei Militärhubschrauber, die von Westen, nicht von Norden her auf uns zufliegen. Weil ich so gute Augen habe, sehe ich sie schon von weitem, schon aus hundert Kilometern Entfernung. Ich glaube, daß wir es immer noch bis zum See schaffen können. Aber mir ist klar, daß sie uns auf ihrem Radarschirm haben. Als ich unseren Kurs leicht verändere, tun sie es mir nach. Joel bemerkt, daß ich mir Sorgen mache, versteht zunächst aber nicht, warum. Obwohl er ein anderer geworden ist, hat er noch lange nicht so gute Augen wie ich.

»Was gibt es denn?« will er wissen.

»Wir bekommen Gesellschaft«, entgegne ich.

Er schaut sich um. »Schaffen wir es noch bis zum See?«

»Möglich. Haben wir eine Chance gegen zwei Apache-Helikopter?« frage ich scherzhaft.

»Keine Chance.«

Um was für einen Hubschraubertyp es sich bei unseren Verfolgern handelt, habe ich nur vermutet; ein paar Minuten später stellt sich aber heraus, daß ich damit recht hatte. Besonders genau kenne ich den Apache nicht, habe allerdings genug gelesen, um zu wissen, daß wir hier den tödlichsten Kampfhubschrauber der Welt vor uns haben. Die beiden Helikopter halten sich dicht beieinander und schneiden uns den Weg ab. Schwarz wie der Wüstenhimmel, mit hypnotisierenden Propellern. Sie sind schneller als wir. Wie gefährliche Fäuste hängen Maschinengewehre und Raketenwerfer an ihren Seiten herab. Sie rauschen auf uns zu, um uns den letzten Schlag zu verpassen. Joel schaut sie an.

»Vielleicht sollten wir uns ergeben?« schlägt er vor.

»Ich ergebe mich nie.«

Fünf Kilometer vor dem See haben sie uns. Die weite, glatte Wasseroberfläche ist klar in Sicht, was uns jetzt aber auch nichts mehr nutzt. Genausogut könnte sie auf der Rückseite des Mondes liegen. Allerdings richten die Apaches nicht sofort ihre Waffen auf uns. Statt dessen fliegen sie gefährlich nahe über und unter uns, wollen uns so zur Landung zwingen.

»Jemand hat ihnen befohlen, uns lebendig zu schnappen«, bemerkt Joel.

»Wer denn?«

Joel zuckt nur mit den Schultern. »Der Befehl könnte vom Präsidenten der Vereinigten Staaten stammen. Ich vermute aber mal, er kommt vom Kommandanten der Militärbasis, von der diese Helikopter aufgestiegen sind.«

»Wir brauchen bloß noch bis zum Wasser zu kommen«, sage ich. »Nie im Leben stellen die sich vor, daß wir unter Wasser verschwinden und dort überleben könnten.«

»Das kann ich mir auch nicht vorstellen. Können wir wirklich den Atem so lange anhalten?«

»Ich schaffe es eine Stunde.«

»Und ich?«

Ich klopfe ihm auf den Schenkel. »Hab Vertrauen. Heute abend hätten wir schon ein Dutzend Mal draufgehen können und leben doch noch. Vielleicht hat Krishna uns ja doch noch nicht verlassen.«

»Wenn sie gleich auf uns feuern, können wir ihn ja persönlich mal danach fragen«, bemerkt Joel trocken.

Die Apaches schwirren noch ein paarmal dicht um uns herum, haben das Katz-und-Maus-Spiel dann aber schließlich satt. Sie geben eine Salve auf unsere Flugbahn ab, und ich muß heftig abbremsen, damit wir nicht in Stücke gerissen werden. Noch immer könnten sie uns jederzeit vom Himmel pflücken. Sie halten sich zurück, wollen aber verhindern, daß ich über den See fliege. Sie versuchen, mir den Weg zu versperren, und ich muß in den Sturzflug, um auf Kurs zu bleiben. Haarscharf über dem Boden fange ich uns ab. Joel steht dicht vor dem Herzkasper.

»Du bist die absolute Wahnsinnspilotin«, preßt er heraus, als er wieder bei Atem ist.

»Im Bett bin ich auch nicht übel«, versetze ich.

»Daran zweifle ich nicht.«

Diese Soldaten sind anders als die Leute vom Einsatzkommando der Polizei. Sie erwarten, daß man ihren Befehlen Folge leistet. Wahrscheinlich haben sie die Order, uns lebendig zu schnappen, aber mit Sicherheit auch die, uns nicht entkommen zu lassen. Einen halben Kilometer vor dem Wasser eröffnen sie mit klinischer Präzision das Feuer, und plötzlich sind unsere Rotorblätter nicht mehr ganz intakt. Wir geraten ins Stocken, bleiben aber in der Luft. Das Geräusch über uns ist ohrenbetäubend. Nichtsdestotrotz halte ich weiter auf den See zu. Ich habe keine andere Wahl.

»Mach dich absprungbereit«, sage ich zu Joel.

»Ich springe erst, wenn du auch springst.«

»Netter Spruch. Du mußt aber abspringen, sobald wir das Wasser erreicht haben. Schwimm auf das gegenüberliegende Ufer zu, nicht auf das nahegelegene. Bleib so lange unter Wasser, wie du kannst.«

Joel zögert. »Ich kann nicht schwimmen.«

»Bitte?«

»Ich sagte, ich kann nicht schwimmen.«

Ich fasse es nicht. »Warum hast du mir das denn nicht früher gesagt?«

»Ich wußte ja nicht, was du vorhast. Du hast mir doch nichts davon erzählt.«

»Joel!«

»Sita!«

Ich hämmere auf das Cockpit. »Verdammt und zugenäht! Also los, dann mußt du eben schwimmen lernen. Du bist ein Vampir. Alle Vampire können schwimmen.«

»Sagt wer?«

»Sage ich, und ich weiß, wovon ich spreche. Und jetzt hör auf, dich mit mir zu streiten, und mach dich fertig zum Absprung.«

»Spring mit mir.«

»Nein. Ich muß noch warten, bis sie uns den Fangschuß geben – auf die Art werden sie glauben, daß es mich erwischt hat.«

»Du bist ja verrückt. Du wirst sterben.«

»Halt's Maul und mach die Türe einen Spalt auf. Sobald du das gegenüberliegende Ufer erreicht hast, renn den Hang hoch und versteck dich irgendwo. Ich werde dich schon finden. Ich höre den Atem eines Vampirs schon aus zig Kilometern.«

Die Apaches sind nach wie vor fest entschlossen, uns vom See fernzuhalten. Einer kommt von oben her angeschwärmt und wirft sich uns wortwörtlich in den Weg. Um ihm auszuweichen, muß ich erneut in den Sturzflug, was mir nicht schwerfällt, denn wir stehen ja sowieso kurz vor dem Absturz. Das Wasser ist nur noch wenige Meter entfernt. Der Apache hinter uns feuert. Sie verfolgen die gleiche Strategie wie ich zuvor. Sie sprengen mir den Heckpropeller weg. Auf der Stelle geraten wir außer Kontrolle. Wir trudeln wie verrückt nach links ab. Doch plötzlich ist Wasser unter uns.

»Spring!« schreie ich Joel zu.

Er wirft mir einen letzten Blick zu. Sein Gesicht ist seltsam traurig.

Dann ist er verschwunden.

Ich zerre am Steuerknüppel und versuche, Höhe zu gewinnen. Zum einen will ich sie damit von Joel ablenken, zum anderen will ich damit überleben. Hoffentlich haben sie ihn nicht abspringen sehen. Mein Hubschrauber taumelt weiter über das Wasser. Etwas mehr als einen Kilometer vor mir sehe ich den Hoover Damm. Keine Chance, es bis dahin zu schaffen. Mein Hubschrauber bockt wie ein übernervöses Pferd, dem man Aufputschmittel ins Futter gemischt hat. Ich ziehe meine Türe auf, schnappe mir die Schrotflinte und puste eine Ladung voll auf den mir nächstgelegenen Apache. Ich treffe die Rotorblätter, aber die Scheißkerle sind zäh. Der Militärhubschrauber legt sich heftig in die Kurve. Dann formieren sich beide wieder und hängen direkt hinter mir. Wie Hornissenzwillinge, die gemeinsam einen verletzten Schmetterling betrachten. Über die Schulter hinweg bemerke ich, wie einer der Piloten seinem Bordschützen zunickt. Der Mann greift an einen Schalter, ohne Zweifel an den Abschußmechanismus für die Raketen. Gerade als ich die Türe weit aufreiße, züngelt eine orangefarbene Flamme seitlich von der Apache auf mich zu. Meine Reflexe sind schnell, für menschliche Verhältnisse blitzartig, doch selbst ich kann einer Rakete nicht einfach davonlaufen. Ich bin kaum aus meinem Sitz heraus, als die Rakete einschlägt.

Mein Hubschrauber schmilzt in der Luft.

Die Wucht der Explosion schlägt wie eine eiserne Faust zu. Brennende Metallreste fressen sich mir über dem Haaransatz in den Schädel; wellenartig durchzuckt der Schmerz meinen ganzen Körper. Ich kippe hinab wie ein Helikopter ohne Seitenruder. Blut schießt mir über das Gesicht, und ich kann nichts mehr erkennen. Ich sehe auch das kalte Wasser des Sees nicht mehr, doch ich spüre es, als es mir gegen die gebrochenen Rippen schlägt. Das geschmolzene Schrapnell zittert in meinem Kopf, als ich in die dunkle Flüssigkeit tauche. Berstender Dampf läßt mir beinahe den Schädel zerspringen. Mir ist, als schraubte ich mich hinab in einen verlassenen Abgrund. Mein Bewußtsein flimmert. Der See hat keinen Boden, meine Seele ist endlos leer. Bevor ich die Besinnung verliere, wünsche ich mir nur noch, daß ich nicht ohne Krishnas Gnade sterbe. Wie schön wäre es, ihn auf der anderen Seite zu treffen – seine göttlich blauen Augen zu sehen. Gott vergebe mir, so sehr liebe ich ihn.

2. KAPITEL

Als ich wieder zu mir komme, flackert ein fahles Licht über mein Gesicht. Kaum schlage ich die Augen auf, wird mir klar, daß die Suchscheinwerfer der Hubschrauber auf mich gerichtet sind. Nur daß sie oben in der Luft sind und ich tief unten im Wasser liege, mit dem Rücken auf dem Boden des Sees. Obwohl ich ohne Bewußtsein war, muß mein Gehirn die Order gegeben haben, den Atem anzuhalten. Keine Ahnung, wie lange ich schon hier bin. Mein Kopf brummt noch immer, der Schmerz ist aber erträglich. Die Leute im Hubschrauber können mich ganz offensichtlich nicht sehen.

Wo Joel wohl steckt? Hat er entkommen können?

Mein linkes Bein ist unter dem Wrack meines Hubschraubers eingeklemmt. Gut so, andernfalls triebe ich nämlich jetzt an der Wasseroberfläche, womöglich mit jeder Menge Kugeln im Leib. Ich befreie mein Bein, drehe mich auf den Bauch und schwimme weg von den Lichtern, ohne zu wissen, ob ich so weiter auf den See hinaus oder ans Ufer komme. Bald muß ich Atem holen, aber noch nicht sofort. Ich halte es noch eine ganze Weile aus, bevor ich auftauchen muß. Sie können nicht jeden Quadratzentimeter des Sees absuchen. Ich werde davonkommen.

Doch wenn Joel nicht frei ist, fühle auch ich mich nicht frei.

Zehn Minuten später habe ich die Lichter schon weit hinter mir gelassen. Jetzt kann ich es wagen, aufzutauchen und einen Blick zu riskieren. Ich befinde mich ganz in der Mitte des Sees. Hinter mir am Ufer, wo mein Helikopter abgeschossen wurde, drehen die Militärhubschrauber nach wie vor ihre Kreise und richten ihre Scheinwerfer auf das Wasser. In Ufernähe stehen eine Reihe von Lastwagen, jede Menge Unifomierte, ein paar Bullen und einige Armeeangehörige. In ihrer Mitte steht Joel. Ein Dutzend Gewehre sind auf seinen Kopf gerichtet.

»Verdammt«, flüstere ich. »Er konnte wirklich nicht schwimmen.«

Ich kann nicht einfach hinhetzen und ihn retten. Das ist mir klar, und doch muß ich mich davon abhalten, es zu versuchen. Rasches Handeln entspricht meiner Natur. Auch nach all den Jahrhunderten ist Geduld nicht gerade eine meiner Tugenden. All die Jahre haben mir bloß Kummer eingebracht, sinniere ich, während ich auf dem schwarzen See treibe.

Sie bringen Joel in ein gepanzertes Fahrzeug. Männer am Ufer legen Taucheranzüge an. Sie sind hinter meiner Leiche her, sie wollen sie erst sehen und dann relaxen. Wenn ich Joel auf der Spur bleiben will, muß ich mich beeilen. Außerdem muß ich damit aufhören, Leute umzubringen. Wenn auch nur irgend etwas Seltsames geschieht, wird das meine Verfolger darauf bringen, daß ich noch immer lebe. Ein Dröhnen hinter der Stirn lenkt mich ab. Ich fasse mir an den Haaransatz und halte ein Schrapnellstück in der Hand, das aus meinem Schädel ausgetreten ist. Bevor ich mir Yakshas Blut injiziert habe, hätte ich so eine Verletzung nicht überstanden.

Ich schwimme auf das Ufer zu, an dem sie Joel festhalten, bleibe aber weit genug von ihm und dem Damm weg. Gegen mich sind Delphine kümmerliche Schwimmer, und so brauche ich nur ein paar Minuten bis ans Land. Niemand bemerkt mich, als ich aus dem Wasser steige und auf die Berghügel renne. Mein erster Impuls sagt mir, daß es am besten ist, mich an die bewaffnete Gesellschaft heranzuschleichen. Aber ich kann ihnen ja nicht einfach ein Fahrzeug klauen, um damit Joel zu verfolgen. Daß sich der Abstand zwischen uns ständig vergrößert, bereitet mir Sorgen. Schließlich wende ich mich von der kleinen Armee ab und laufe in Richtung Zeltplatz. Selbst im Winter kommen ganze Familien an den Lake Mead, um dort die Natur zu genießen. Ein fast voller Mond scheint auf mich herab. Genau das kann ich jetzt nicht brauchen. Wenn mich wieder ein Apache entdeckt, das schwöre ich, springe ich hoch, greife an die Kufen und schnappe ihn mir. Dann bin *ich* dran mit Raketenabschießen.

Aber das sind süße Träume, die sich nie erfüllen werden.

Am Rand des Campingplatzes stoße ich auf ein Zelt, in dem drei Menschen schlafen. Gleich daneben steht ein blitzeblanker Ford Bronco und wartet nur darauf, von mir geklaut zu werden. Leise breche ich das Schloß auf und lasse mich hinter das Lenkrad gleiten. Um den Wagen kurzzuschließen, brauche ich etwa zwei Sekunden. Dann mache ich mich mit geöffnetem Fenster davon.

Mein Gehör war immer schon ausgezeichnet. Ich höre Schneeflocken, wenn sie sich in dreitausend Meter Höhe aus einer Wolke lösen. So habe ich auch keinerlei Mühe mitzubekommen, daß der Armeekonvoi die Motoren anläßt und den See verläßt. Wahrscheinlich will der Kommandant Joel in Sicherheit bringen, auch bevor die Leiche der Blondine gefunden ist. Sie fahren auf einer vom See wegführenden Straße, und ich verlasse mich ganz auf meine Ohren, um ihnen auf der Spur zu bleiben. Ich halte die Nase in den

Wind, und das, was ich rieche, erschreckt mich. Ich rieche nämlich ganz deutlich Joel, auch wenn er sich gerade inmitten vieler Leute befindet. Das ist wohl noch so ein Geschenk von Yaksha, dem Yakshini-Meister, der einer dämonischen Schlangenrasse entsprungen ist. Schlangen verfügen über einen außergewöhnlichen Geruchssinn.

Ich bin dankbar für diese Neuerwerbung, denn so kann ich den Militärkonvoi ganz genau und bereits aus großer Entfernung ausmachen. Blöd sind diese Leute schließlich nicht, sie werden darauf achten, ob sie verfolgt werden. Erneut bin ich verblüfft darüber, wie sehr ich ihre Gedanken spüren kann. Gefühle habe ich bei Sterblichen schon immer wahrnehmen können, Vorstellungen aber nie. Yaksha muß ein ausgemachter Gedankenleser gewesen sein. Mir hat er aber nie etwas davon erzählt. Ich merke deutlich, daß die Leute vor mir auf Verfolger achten. Ich halte daher etwa zwanzig Kilometer Abstand zu ihnen. Natürlich fahre ich ohne Licht.

Zunächst hält die Gruppe sich in Richtung Las Vegas. Zehn Kilometer vor der Stadt des Lasters biegen sie dann aber östlich auf eine kleine Asphaltstraße ab. Die einzelnen Wagen vergrößern den Abstand zueinander, und ich muß noch weiter zurückbleiben. Wir kommen an vielen Schildern vorbei, die die Aufschrift tragen »*Zutritt verboten*«. Wahrscheinlich nähern wir uns einer Militärbasis der Regierung.

Kaum eine halbe Stunde später bestätigt sich meine Vermutung. Knapp einhundert Kilometer von Las Vegas entfernt, verschwindet das Panzerfahrzeug mit Joel in einem schwerbefestigten Lager. Ich trete aufs Gas, fahre mit meinem Bronco von der Straße hinunter und stelle ihn anderthalb Kilometer von Straße und Lager ab. Zu Fuß schleiche ich dann auf die Einrichtung zu. Mit jedem Schritt, den ich mache, bin ich überraschter darüber, wie komplex und uneinnehmbar sie wirkt. Der Zaun ringsum ist glatt dreißig Meter hoch, mit aufgebauschten Stacheldrahtrollen obendrauf. Normalerweise könnte ich eine solche Barriere problemlos überspringen. Leider gibt es hier aber alle fünfzig Meter Wachtürme mit Maschinengewehren und Granatwerfern. Eine Menge Türme. Das Gelände ist riesig, fast einen Kilometer im Durchmesser. Außer Türmen und Zaun erstreckt sich dann auch noch ein Labyrinth aus etwa einem Meter hohen elektrischen Vorrichtungen um das Areal. Wenn man sie ausschaltet, senden sie vermutlich paralysierende Strahlen aus. Vampire sind empfindlich gegenüber Elektrizität. Ich bin einmal von einem Blitz getroffen worden und habe die drei folgenden Tage damit zugebracht mich in einem Sarg wieder zu erholen. Mein damaliger Freund hatte mich schon begraben wollen.

An einer Seite des Geländes findet sich eine Start- und Landebahn aus Beton. Mir fällt ein, daß ich einmal etwas über eine streng geheime Regierungseinrichtung in der Wüste außerhalb von Las Vegas gelesen habe, in der angeblich fortschrittliche Kampfflugzeuge, Nuklear- und biologische Waffen getestet werden. Der Verdacht beschleicht mich, daß ich diesen Ort vor mir habe. Das Gelände grenzt an einen großen, kargen Hügel, und ich gehe davon aus, daß das Militär sich tief in den natürlichen Hang eingegraben hat, um seine Experimente vor den Augen der Spionagesatelliten zu verbergen.

Neben barackenartigen Unterkünften stehen Sherman Panzer und Apache Hubschrauber. Ohne Zweifel kann ihre Besatzung in zehn Sekunden Stellung beziehen. Eins wird mir dadurch sofort klar: Hier kann ich nicht einfach einbrechen!

Jedenfalls nicht, wenn ich lebend wieder heraus will.

Das gepanzerte Fahrzeug mit Joel ist etwa in der Mitte des Geländes zum Stillstand gekommen. Bewaffnete Soldaten hasten herbei und stellen sich ringsum auf, Gewehre im Anschlag. Ein hart dreinblickender General mit einem einfachen Stern auf der Schulter und dem Tod in den Augen geht auf das Fahrzeug zu. Hinter ihm steht eine Gruppe weiß gekleideter Wissenschaftler – genau das, was ich nicht sehen will. Der General gibt jemandem ein Zeichen, und die Seitentür des Panzerwagens öffnet sich. Sie holen Joel ins Freie. Er ist in schwere Ketten gelegt, und seine Schultern hängen kraftlos herab. Der General geht auf ihn zu, merkwürdig furchtlos, und mustert ihn. Dann schaut er sich über die Schultern um. Einige Wissenschaftler scheinen ihm zuzunicken. Was hier vorgeht, begreife ich nicht. Worin stimmen sie überein? Daß Joel ein echter Vampir ist? Die haben doch gar keine Ahnung von Vampiren.

»Oder doch?« flüstere ich vor mich hin.

Aber das ist gar nicht möglich. Die letzten zweitausend Jahre über waren Yaksha und ich die einzigen Vampire auf der Erde. Klar: Neulich hat es da noch ein paar andere gegeben. Aber Ray hat es nicht lange überlebt, Eddie war eine kurze psychotische Verirrung, und seine Nachkommen habe ich allesamt vernichtet.

Oder etwa nicht?

Dieser General hier wollte uns lebend, das ist mir klar. Von ihm kamen die Befehle an die Apache Piloten. Die haben eine ganze Weile gewartet, bevor sie ihre Raketen einsetzten, und das auch erst dann getan, als sie dazu gezwungen waren. Wahrscheinlich ist der General sogar sauer darüber, daß sie es überhaupt getan haben. Der Blick, mit dem er Joel mustert, wirkt fast genüßlich. Der General will irgend etwas von Joel, und er weiß auch schon, was.

Sie bringen Joel in ein Gebäude.

Der General bespricht sich mit einem Wissenschaftler, dann gehen auch sie hinein.

Ich lehne mich zurück und stöhne. »Verdammt!«

Mein Ziel ist klar. Ich muß Joel hier rausholen, bevor sie ihn auf Herz und Nieren prüfen. Genauer gesagt, bevor sie sein Blut untersuchen. Ich weiß noch nicht einmal, was sie dann finden, aber was auch es immer sein mag, es wird nichts Gutes bedeuten für das Weiterbestehen der menschlichen Rasse.

Doch mit Gewalt komme ich hier nicht rein. Also muß ich mich hineinschleichen. Aber wie? Mich mit den Wachleuten anfreunden? Pistolen-Pit verführen? Gar nicht so an den Haaren herbei gezogen bei meiner magnetischen Anziehungskraft und meinen hypnotischen Augen. Aber wie es scheint, leben alle Wachleute hier auf dem Gelände. Das ist ungünstig für mich.

Ich blicke auf Las Vegas, die Stadt der tausend Lichter.

»Die Jungs müssen doch wenigstens ab und zu mal raus hier und unter andere Menschen gehen«, murmele ich.

In zwei Stunden geht die Sonne auf. Während ich mit meinen scharfen Augen das Gelände absuche, um eine Schwachstelle zu entdecken, sehe ich den Wissenschaftler, mit dem der General vermutlich besprochen hat, daß es besser ist, in ein Zivilfahrzeug zu steigen. Am Kontrollpunkt hält er an, fährt dann aus dem Gelände heraus. Ich renne zu meinem Bronco.

Mit diesem Wissenschaftler möchte ich plaudern.

Als ich in den gestohlenen Wagen steige, fällt mir auf, daß meine Arme und Hände weißlich leuchten. Ich bin fassungslos. Auch mein Gesicht leuchtet! Alles an mir, was nicht von Kleidern bedeckt ist, schimmert hell wie der Vollmond, der drüben bei Las Vegas tief am Himmel hängt.

»Mit was für einer Art Strahlung basteln die denn hier herum?« murmele ich.

Aber darüber kann ich mir immer noch den Kopf zerbrechen.

Der Wissenschaftler ist ein Bleifußfanatiker. Er fährt mit hundertfünfzig Sachen nach Las Vegas, oder zumindest bis auf die Autobahn zehn Kilometer vor der Stadt. Ich trete den Bronco, um Schritt zu halten. Auf einer regierungseigenen

Straße wird ihm wohl kein Bulle ein Strafmandat verpassen. Wir fahren geradewegs in die Stadt. Ich hoffe, er lebt in Las Vegas. Meine Hoffnung sinkt, als er direkt auf das Mirage Hotel zugeht. Wahrscheinlich geht es ihm nur um ein paar Stunden Zerstreuung.

Auf dem Parkplatz stelle ich meinen Wagen in der Nähe seines Autos und mache mich daran, ihm ins Innere zu folgen.

Und dann erst wird mir bewußt, was ich gerade anhabe.

Eine zerrissene Schutzweste und blutverschmierte Klamotten.

In Panik versetzt mich das aber nicht. Die Leute, denen ich den Bronco geklaut habe, sind auf Urlaub. Bestimmt haben sie irgendwo im Auto Damen-Anziehsachen herumliegen. Und siehe da! Hinten finde ich eine Bluejeans – zwei Nummern zu groß – und ein schwarzes Micky-Maus-T-Shirt. Zum Glück hat das Wasser mir Blut und Glas aus den Haaren herausgewaschen, als ich im Lake Mead schlief. Ich gehe zu einer abgelegenen Ecke des Parkplatzes und ziehe mich rasch um.

Den Wissenschaftler finde ich wenig später drinnen im Mirage am Würfeltisch.

Er ist ein attraktiver Mann so um die fünfundvierzig, mit vollen, schwarzen Haaren und einem sinnlichen Mund. Sein Gesicht ist sonnengebräunt; die Falten darin stehen ihm gar nicht übel. Er wirkt wie ein Mann, der so manchen Sturm überstanden und mit erhobenem Haupt daraus hervorgegangen ist. Seine grauen Augen sind fest, sehr wach und wirken scharf. Den weißen Kittel hat er gegen ein gut geschnittenes Sakko eingetauscht. Als ich hereinkomme, hat er gerade ein Paar rote Würfel in der Hand, und für mich hat es den Anschein, als beschwöre er sie insgeheim, seinen Befehlen zu folgen, wie es so viele andere Spieler auch tun.

Er verliert sein Spiel und übergibt die Würfel einem anderen Spieler. Mir fällt auf, daß er eine Hundert-Dollar-Note vor sich liegen hatte. Nicht gerade ein Pappenstiel für einen Wissenschaftler, der auf der Gehaltsliste der Regierung steht. Ich bin erst recht platt, als er noch einmal hundert Dollar hinblättert. Und auch die verliert.

Ich beobachte den Mann eine Dreiviertelstunde lang. Er ist Stammgast; einer derAngestellten nennt ihn Mister Kane, ein anderer Andy. Andrew Kane, so heißt er wohl. Weil Andy ständig verliert, und zwar in beängstigendem Tempo, muß er, als sich alles Bargeld aus seinen Taschen verflüchtigt hat, einen Schuldschein unterschreiben, um weitere Chips zu bekommen. Aber auch diese schwarzen Schokoladentaler verdünnisieren sich im Handumdrehen, und sein Eifer verwandelt sich in Frustation. Ich habe mitgezählt. Zweitausend Dollar weg – einfach so. Er seufzt, verläßt den Tisch, genehmigt sich einen doppelten Scotch an der Bar und geht aus dem Casino.

Ich folge ihm bis nach Hause. Ein eher bescheidenes Anwesen.

Er geht hinein und macht sich bettfertig. Gerade als im Osten die Sonne aufgeht, macht er bei sich das Licht aus. Anscheinend hat er Nachtschicht. Oder der General hatte Andy eigens wegen Joel zu sich gerufen. Ob er in den nächsten Tagen auch zur Arbeit geht? Ich merke mir seine Adresse und fahre ins Mirage zurück. Wenn es Andys Lieblingsplatz ist, dann soll es auch meiner werden.

Ich habe weder Kreditkarten noch Geld oder Papiere bei mir. Nachdem die Frau an der Rezeption lange in meine wunderhübschen blauen Augen gestarrt hat, übergibt sie mir dennoch den Schlüssel für eine Luxussuite. Auf meinem Zimmer rufe ich sofort meinen Geschäftsführer in New York City an. Seine Stimme klingt nicht verändert: Bis zu ihm haben es die Leute von der Regierung noch nicht geschafft. Lange reden wir nicht. »Code Rot«, sage ich. »Lassen Sie das Paket ins Hotel Mirage nach Las Vegas bringen. Zimmer Zwei-Eins-Drei-Vier. Sofort.«

»Verstanden«, sagt er nur und legt auf.

Das Paket wird alles beinhalten, was ich für eine neue Existenz brauche: Paß, Führerschein, Bargeld und Kreditkarten. Innerhalb einer Stunde wird es hier an der Tür abgeliefert werden. Auch ein umfangreiches Schminkset wird darin sein, Perücken und verschiedenfarbige Kontaktlinsen. Während der letzten fünfzig Jahrhunderte habe ich gelernt, daß es besser ist, auf alle Eventualitäten vorbereitet zu sein. Morgen werde ich wie eine andere aussehen, und Andrew Kane wird einer geheimnisvollen jungen Frau begegnen. Und er wird sich in sie verlieben.

3. KAPITEL

Vor Andrew Kanes Haus wartet am nächsten Nachmittag eine spröde Rothaarige mit kurzer Ponyfrisur und grünen Augen. Ich sitze sogar schon seit Mittag auf dem Vordersitz meines neuen Jeeps. Doch der verrückte Wissenschaftler schläft noch fest, wie wohl die meisten Leute nach einer durchgemachten Nacht. Ich bin schon so früh zu ihm hin, weil ich seine Gewohnheiten studieren und ganz genau erfahren will, was er so macht, bevor ich ihn anspreche. Welch wichtige Rolle er einnimmt, ist mir allein schon dadurch klargeworden, daß der General nur mit ihm sprach, als sie Joel auf das Gelände brachten. Und außerdem spüre ich einfach, welche Bedeutung Andy zukommt. In seinen grauen Augen liegt etwas Faszinierendes, selbst wenn er ein ziemlich heruntergekommener Spielertyp sein mag. Das stört mich aber kein bißchen, im Gegenteil, vielleicht kann ich seine offensichtlichen Schulden beim Casino ja sogar gegen ihn ausspielen. Natürlich habe ich vor, Andy zu benutzen, um auf das Gelände zu gelangen und Joel zu befreien.

Und zwar sehr bald. Jede Stunde verstärkt die Dringlichkeit meines Vorhabens.

Denn der Durst eines Neugeborenen ist unerträglich.

Die Zeitungen ziehen über die barbarischen Terroristenangriffe auf Los Angeles her. Die Behörden schätzen, daß zumindest drei Dutzend islamische Fanatiker daran beteiligt waren und daß die örtliche Polizei überlegenen Kräften und militärischer Ausrüstung machtlos gegenüberstand. Der Bürgermeister hat versprochen, daß die Behörden nicht ruhen werden, bis die Mörder zur Rechenschaft gezogen sind.

Im Zweifelsfall immer schön den Arabern die Schuld geben.

Die glühende Sonne zehrt nach einer solch anstrengenden Nacht an meinen Kräften. Ich vertrage sie jetzt aber besser, als dies der Fall gewesen ist, bevor ich Yakshas Blut getrunken habe. Ich glaube, nach fünftausend Jahren hatte die Sonne bei Yaksha keine Wirkung mehr. Seine Kräfte könnte ich nun gut brauchen. Ich hoffe, er ruht endlich in Frieden, in Krishnas blauem Heim. Wie oft bete ich zu Krishna! Verrückt, denn eigentlich müßte ich ihn ja hassen. O ja, das Herz eines Vampirs ist unergründlich. Kein Wunder, daß abergläubische Menschen uns ständig angespitzte Pfähle hindurchrammen wollen.

Erst um fünf Uhr nachmittags verläßt Andrew Kane das Haus und klettert in sein Auto. Jetzt hat er keine Zeit mehr für Casinos. Sicher erwartet ihn der General. Andy fährt die zehn Kilometer auf dem Highway 15, biegt dann auf die regierungseigene Straße ab und kommt dort wieder auf beinahe hundertfünfzig. Mein Jeep hat einen starken Motor unter der Haube, und ich bleibe ganz gelassen etwa acht Kilometer hinter ihm. Irgendwie scheint es auch überflüssig, ihm den ganzen Weg bis zur Arbeit zu folgen. Er wird schlicht und einfach reinfahren und in einem der Gebäude verschwinden. Aber ich will doch wenigstens einmal sehen, wie lange es dauert, bis er die Sicherheitskontrollen passiert hat und durch wie viele Checks er durch muß. Kurz vor dem Gelände schere ich von der Straße ab, presche quer durch die Wüste bis an den Hang, an dem ich schon einmal geparkt habe. Auf dem Beifahrersitz liegt ein leistungsstarkes Fernglas. Ich habe zwar übernatürlich scharfe Augen, aber mit technischer Hilfe kann meine Sehkraft durchaus noch verstärkt werden.

Meinen Aussichtspunkt erreiche ich erst, als Andy schon vor dem Eingangstor des Geländes steht. Immerhin kann ich ihn von hier aus gut erkennen. Natürlich stoppen sie ihn, doch das Wachpersonal scheint ihn gut zu kennen. Er braucht seine Dienstmarke kaum vorzuzeigen. Die Wachen durchsuchen auch nicht seinen Kofferraum. Er parkt seinen Wagen an gleicher Stelle und geht in das Gebäude hinein, in das auch Joel gebracht wurde. Es ist das größte und modernste auf dem gesamten Gelände. Der Geruch von Chemikalien dringt nach außen. Drinnen befindet sich mit Sicherheit ein Labor.

Ich würde das Gelände gerne ein wenig genauer unter die Lupe nehmen, aber dafür ist eher die Nacht der richtige Zeitpunkt. Außerdem will ich unbedingt in Andys Haus. Ich rase zurück nach Las Vegas. Niemand kommt mir entgegen. Ob die Taucher noch immer den Boden des Lake Mead nach meiner Leiche absuchen? Außerdem frage ich mich, ob der General damit rechnet, daß ich Joel befreien will. Wohl kaum.

Andys Haus liegt am Ende einer ruhigen Sackgasse. Weil wir hier in Las Vegas sind, gibt es natürlich einen Pool nach hinten heraus. Ich lasse meinen Jeep in einer Nebenstraße, klettere aufs Grundstück und knacke das Schloß an der Hintertür. Drinnen ist es kühl: Er hat die Klima-Anlage angelassen. Ich mache die Tür wieder zu und bleibe einen Moment lang einfach nur stehen. Ich rieche etwas. Eine ganze Reihe von Düften dringt an meine Nase. Sie verraten mir eine Menge über den Mann, obwohl wir uns ja eigentlich noch gar nicht kennengelernt haben.

Nach Fleisch riecht es nicht; er ist Vegetarier. Rauchen tut er auch nicht, aber trinken sehr wohl. Ich rieche und sehe Spirituosenflaschen in einer Vitrine aus Walnußholz. Eau de Cologne benutzt er nicht, doch durchzieht ein schwacher Geruch von Kosmetika die Wohnung. Unser guter Mister Andrew Kane kämpft gegen das Älterwerden.

Er ist Junggeselle. Es hängen weder Bilder von einer Frau noch von Kindern an der Wand. Ich trete in die Küche. Meistens geht er aus essen; im Kühlschrank stehen nur wenige Lebensmittel. Ich blättere durch ein paar Rechnungen, die auf dem Küchentisch liegen. Dort finde ich auch einige Briefumschläge von seiner Bank. Er hat seinen Dispokredit bei drei Kreditkartenfirmen überzogen.

Ich gehe in einen Raum, den er als Arbeitszimmer benutzt.

Und falle hier beinahe in Ohnmacht.

Auf seinem Schreibtisch steht als schwarz-weiß-rotes Plastikmodell die Doppelhelix einer DNS. Das ist es aber gar nicht, was mich so umhaut. Gleich daneben steht ein weit komplexeres Modell einer anderen Art DNS, und zwar eins, das statt zweien zwölf Stränge mit kodierten Informationen aufweist. Zum ersten Mal sehe ich so etwas nicht. Vor siebenhundert Jahren hat der große italienische Alchimist Arturo Evola ein ähnliches Modell entworfen, nachdem er sechs Monate mit mir zusammengelebt hatte.

»Das ist doch unmöglich!« bringe ich nur hervor.

Andrew Kane ist dabei, die DNS der Vampire zu entschlüsseln.

4. KAPITEL

Das Italien des dreizehnten Jahrhunderts vereinigte alles, was das Mittelalter je an Schönem und an Schrecklichem hervorgebracht hat. Die höchste Gewalt lag in der Hand der katholischen Kirche. Monarchen kamen und gingen. Könige und Königinnen kämpften und starben. Aber die wirkliche Macht über Leben und Tod übte der Papst in Rom aus.

Die Kunst war in jenen Tagen das Geschenk der Kirche an die Menschen. Das war etwas, was über dem Geschenk ihrer strengen Religionslehre stand. Die tat für die Masse des Volkes überhaupt nichts, außer sie bis an ihren Todestag in Verwirrung zu halten. Das sage ich mit berechtigter Verbitterung. Zu jener Zeit konnte man überhaupt nicht leben, ohne Wut auf die Kirche zu haben. Heute finde ich, daß die Kirche viel Gutes tut – allerdings auch viel Fragwürdiges. Wenn man sich lange genug damit beschäftigt hat, findet man gar keine Religion mehr perfekt.

Von 1212 bis 1245 lebte ich in Florenz und verbrachte Monate damit, mir die Kirchen anzuschauen, in denen die großartigsten Gemälde und Skulpturen ausgestellt waren. Die Renaissance lag natürlich noch in weiter Ferne, und Michelangelo und Da Vinci waren noch nicht geboren. Immerhin jedoch waren diese frühen Jahre herausragend in ihrer Schöpferkraft. Ich kann mich noch gut an Bonaventura Berlinghieris leuchtendes *St. Francis* erinnern und an Niccoló Pisanos berauschende *Verkündigung an die Hirten.*

Die Inquisition war auch noch so ein Geschenk der Kirche. Sozusagen die Gnade des Teufels, jedenfalls für die meisten Leute der damaligen Zeit. Alles, was man benötigte, um jemanden als Ketzer anzuklagen, waren zwei Informanten, deren Identität dem Opfer noch nicht einmal bekanntgegeben werden mußte. Die Informanten konnten sogar selber

Ketzer oder Hexen sein, beides keine angenehmen Auszeichnungen im Italien jener Zeit. Um jemanden der Ketzerei zu überführen, war zwar ein Geständnis vonnöten, aber eine kleine Behandlung auf dem Streckbett oder mit glühenden Kohlen oder die Tortur mit der *strappado* – der gefürchteten Folterbank – reichte für gewöhnlich aus, einen Unschuldigen zum Geständnis zu bewegen. Einmal ging ich in die Stadt, um zuzuschauen, wie die Opfer bei lebendigem Leibe auf dem Scheiterhaufen verbrannt wurden. Ich mußte zurückdenken an die Barbarei der römischen Kaiser, der mongolischen Horden, der japanischen Shogun. Doch all deren Foltermethoden erschienen mir harmlos im Vergleich zu den Schmerzen, die die Kirche verursachte. Denn die Leute, die Scheiterhaufen anzündeten, trugen Kreuze. Sie murmelten Gebete vor sich hin, während ihre Opfer schrien und starben. Ich schaute mir nur wenige Hinrichtungen an. Sie waren mir sehr bald zuwider. Auf meine eigene Art und Weise durchkreuzte ich daraufhin hier und da die Pläne der Inquisition, indem ich viele der Inquisitoren heimlich umbrachte. Ihre Leichen ließ ich für gewöhnlich an kompromittierenden Orten zurück – Bordellen und so weiter –, um genaueren Untersuchungen den Wind aus den Segeln zu nehmen. Während ich den Inquisitoren das Blut aus der Halsschlagader saugte, flüsterte ich ihnen ins Ohr, ich sei ein Gnadenengel. Keiner von ihnen starb bei mir einen leichten Tod.

Die Kirche war natürlich stärker als ein einzelner Vampir und die Inquisition eine Krankheit, die sich durch ihren bizarren Wahn sprunghaft ausweitete. Man konnte ihr nicht einfach aus dem Weg gehen. Sie warf einen Schatten auf mein Leben in Florenz, über meine Freude am Wiederaufleben menschlicher Schöpferkraft. Ich habe die Menschen immer wieder gejagt, bin aber doch auch stolz auf sie, wenn sie etwas Kühnes hervorbringen, etwas Unerwartetes. Die größte Kunst entsteht immer unaufgefordert.

Arturo Evola war nicht als Alchemist bekannt, sonst hätte er keinen einzigen Tag überlebt im Florenz des Mittelalters. Er war ein einundzwanzigjähriger Franziskanermönch, und zwar ein frommer. Mit sechzehn war er in die Priesterschaft eingetreten, was zu jener Zeit gar nicht ungewöhnlich war; wer Geistlicher wurde, konnte am ehesten in den Genuß weit überdurchschnittlicher Bildung kommen. Er war ein hervorragender Mann, zweifellos der am stärksten inspirierte Geist des dreizehnten Jahrhunderts. Doch die Geschichte kennt ihn nicht. Nur ich allein kenne ihn noch, und meine Erinnerung an ihn ist von Leid getrübt.

Ich begegnete ihm eines Tages nach der Messe. Ich verabscheute die Kirche, fand aber Gefallen am eigentlichen Gottesdienst. All diese Gesänge und Chöre und auch die ersten Orgeln sagten mir sehr zu. Oft ging ich zur Kommunion, nachdem ich die Beichte abgelegt hatte. Es fiel mir nicht leicht, ernst zu bleiben, wenn ich meine Sünden beichtete. Aus Spaß berichtete ich einmal einem Priester alles, was ich in meinem Leben angestellt hatte. Doch er war betrunken und wies mich nur an, fünf Ave Maria zu beten und mich zu benehmen. Ich brauchte ihn nicht zu töten.

Ich empfing das heilige Abendmahl von Arturo und traf ihn nach dem Gottesdienst. Ich merkte, daß er sich von mir angezogen fühlte. Zu jener Zeit hielten sich viele Priester Geliebte. Ich hatte mich um Arturos Bekanntschaft bemüht, weil eine Heilerin – eine Zigeunerin – mir von ihm berichtet hatte. Er sei ein Alchemist, der Steine in Gold verwandeln könne, Sonnenlicht in Ideen, Mondschein in Wollust. Die Zigeunerin hielt viel auf Arturo. Sie wies mich an, mich ihm vorsichtig zu nähern, denn seine wahre Arbeit müsse der Kirche verborgen bleiben. Ich verstand.

Unter einem Alchemisten wird gemeinhin jemand verstanden, der versucht, aus unedlenMetallen Gold zu gewinnen. Das ist eine stark vereinfachende Definition. Tatsächlich ist Alchemie ein ausgedehntes physikalisches und metaphysisches System, das sowohl die Kosmologie als auch die Anthropologie umfaßt. Alles Natürliche und alles Übernatürliche hat Platz in ihm. Die Alchemie ist bestrebt, die Totalität des Organismus zu erfahren. Sie ist ein Weg der Erleuchtung. Die Zigeunerin meinte, Arturo sei der geborene Alchemist. Das Wissen käme bei ihm von innen heraus. Niemand brauche ihm in dieser Kunst etwas beizubringen.

»Sein einziges Problem besteht darin, daß er Katholik ist«, meinte sie. »Ein fanatischer.«

»Wie kann er beides denn miteinander vereinen?« wollte ich wissen.

Die Zigeunerin bekreuzigte sich. Auch sie war gläubig und abergläubisch zugleich. »Das weiß nur Gott allein«, sagte sie schließlich.

Als wir uns das erste Mal begegneten, schien mir Arturo alles andere als fanatisch. Sein Auftreten war so sanft wie seine hübschen Augen. Er konnte jemandem wirklich zuhören – eine seltene Gabe. Seine Hände waren groß und außergewöhnlich fein; als er mit den Fingern über meinen Arm streifte, spürte ich, daß er mein Herz zu berühren imstande war. Und er war noch so jung! An diesem ersten Nachmittag unterhielten wir uns über Astronomie, für mich ein Thema auf halbem Weg zur Alchemie. Er war begeistert davon, wieviel ich über den Sternenhimmel wußte.

Er lud mich zum Essen bei sich ein, und anschließend spazierten wir durch die Stadt. Als wir uns an jenem Abend voneinander verabschiedeten, wußte ich, daß er in mich verliebt war.

Warum ich auf ihn aus war? Aus dem gleichen Grund, aus dem ich vieles in meinem Leben getan habe – aus Neugier. Aber die lenkte mich nur am Anfang. Bald war nämlich auch ich in ihn verliebt. Und dieses Gefühl für ihn empfand ich bereits, bevor ich seine Kenntnisse in der Alchemie auf eine Probe stellte. Schon bevor ich tiefer in seine geheime Welt eindrang, war mir klar, daß er anders war als die Priester seiner Zeit. Er war Jungfrau, und sein Zölibatsgelübde bedeutete ihm sehr viel.

Ich habe ihn nicht einfach plötzlich mit den Fragen konfrontiert. Kannst du aus Kupfer Gold machen? Kannst du Lepra heilen? Kannst du dich unsterblich machen? Ich ließ ihn zuerst einen Funken meines Wissens erkennen, um ihn so zu inspirieren, mich an seinem teilhaben zu lassen. Ich weiß sehr viel über die heilenden Kräfte von Kräutern. Ein alter Mönch in Arturos Kloster bekam Lungenentzündung, und es hatte allen Anschein, daß er daran sterben würde. Ich brachte Arturo ein Gebräu aus Sonnenhut und Goldwurzel und bat ihn, es seinem Vater Superior zu geben. Der Mönch erholte sich innerhalb von vierundzwanzig Stunden, und Arturo wollte erfahren, wer mir beigebracht hatte, Kräuter zu mischen.

Ich lachte und erzählte ihm von meinem griechischen Freund, von Cleo. Allerdings verriet ich ihm nicht, daß Cleo bereits vier Jahrhunderte tot war. Arturo war beeindruckt. Erst danach erzählte er hier und da etwas von seinen Kristallen und Magneten und Kupferplatten – den geheimen Elementen der Alchemie, die die Wissenschaft heute vergessen hat. Am selben Tag vertraute mir Arturo die Mission seines Lebens an. Die Elixiere der Heiligkeit und Unsterblichkeit zu entdecken – als wenn die Suche nach einem dieser Zustände allein nicht schon ausreichend gewesen wäre. Arturo dachte immer in großem Stil. Er war zu nichts weniger entschlossen, als das Blut Jesu Christi zu reproduzieren.

»Wie kommst du darauf, so etwas jemals schaffen zu können?« fragte ich schockiert.

Seine Augen glänzten, während er es mir darlegte. Nicht der Glanz des Verrückten, sondern ein Glanz, wie ich ihn weder zuvor noch danach je bei einem Sterblichen gesehen habe.

»Weil ich den Geist des Menschen entdeckt habe«, sagte er. »Ich habe den Beweis, daß er existiert. Ich bin imstande, dir zu zeigen, wie man ihn erfährt, wie man den Schleier der Dunkelheit entfernt, der ihn verhüllt.«

Das klang spannend. Arturo nahm mich mit in ein Geheimzimmer unter dem Kloster, in dem er lebte. Offensichtlich wußte der ältere Mönch, dem ich das Leben gerettet hatte, von Arturos Hobby, und drückte ein Auge zu. Außer der Zigeunerin war er der einzige Mensch, der etwas von dem Meister der Alchemie wußte. Ich fragte Arturo nach ihr. Es war so, daß sie ihn gesundgepflegt hatte, als er einmal bei einem Ausritt auf dem Land vom Pferd gefallen war. Sie hatten bei abendlichem Kaminfeuer viele persönliche Unterhaltungen geführt. Arturo war überrascht und auch ein wenig wütend, daß sie mir von ihm erzählt hatte.

»Es ist nicht ihre Schuld«, erklärte ich ihm. »Ich bin ziemlich gut im Überreden.« Tatsache war, daß ich die Macht meiner Augen bei ihr eingesetzt hatte, als ich spürte, daß sie etwas Wichtiges verbarg.

Arturo begleitete mich hinab in sein Geheimzimmer und zündete eine Menge Kerzen an. Er bat mich, mich auf eine riesige Kupferplatte zu legen, die so dünn wie modernes Papier war. Auf angrenzenden Regalen sah ich seine Sammlung von Quarzkristallen, Amethysten und anderen Edelsteinen – Rubine, Diamanten und Saphire. Er besaß außerdem eine Reihe kraftvoller Magneten, jeder in Form eines Kreuzes geschnitten. Ein magnetisches Kreuz hatte ich noch nie gesehen.

»Was hast du vor?« fragte ich ihn, während ich auf der Kupferplatte Platz nahm.

»Hast du schon einmal von der menschlichen Aura gehört?« fragte er.

»Ja. Das ist das Energiefeld, das den Körper umgibt.«

»Ausgezeichnet. Die antike Mythologie erwähnt sie, und in der Kunst ist sie gegenwärtig. Auf Gemälden der Heiligen Familie wird sie als Heiligenschein über dem Kopf dargestellt. Die meisten Menschen glauben aber nicht an eine

Aura, weil sie sie nicht erleben. Sie sind sich nur ihrer physischen Körperlichkeit bewußt. Was ich hier vorhabe, ist, deine Aura sichtbar zu machen und deinem Bewußtsein zu ermöglichen, sich in sie hinein auszuweiten, so daß dein spiritueller Körper in deine Aufmerksamkeit rückt und nicht dein physischer.«

»Gefällt dir denn mein physischer Körper nicht?« fragte ich. Ich flirtete oft mit ihm.

Er unterbrach sich und starrte auf mich herab. »Er ist sehr schön«, flüsterte er.

Er wies mich an, die Augen zu schließen. Er wollte nicht, daß ich mitbekam, in welcher Anordnung er die Kristalle und Magneten aufstellte. Natürlich warf ich trotzdem einen verstohlenen Blick darauf und sah, daß über meinem Kopf die Kristalle lagen und die Magnete schräg unter meinem Körper. Er baute eine Art Gitter auf, das unsichtbare Energie abgab. Währenddessen betete er. Ave Maria und Vaterunser. Diese Gebete haben mir immer gut gefallen. Aber sie haben mich natürlich auch an Raddha und Krishna erinnert.

Als Arturo soweit war, hieß er mich die Augen geschlossen zu halten und ganz normal durch die Nase zu atmen. Das Atmen sei wichtig, sagte er. Es sei eines der Geheimnisse, die Seele zu erforschen.

Während der ersten Minuten geschah nicht allzuviel. Dann aber spürte ich nach und nach Energie in meinem Körper aufsteigen, unten vom Rückgrat bis hoch in den Kopf. Gleichzeitig war mir, als erweitere sich mein Bewußtsein. Ich wurde so groß wie das Geheimzimmer. Ein seltsames Gefühl überkam mich, ein wohliger Zustand des Friedens. Es war, als ob ich schwebte. Mein Atem kam und ging, manchmal schnell, manchmal langsam. Ich hatte keine Kontrolle darüber und wollte auch keine ausüben. Zeit verging. Ganz wach war ich nicht, befand mich aber auch nicht im Schlaf. Es war ein mystisches Erlebnis.

Als Arturo wieder sprach, klang seine Stimme Kilometer

entfernt. Er wollte, daß ich mich wieder aufrichtete, um aus meinem Zustand wieder herauszutreten. Ich mochte aber nicht, denn mir gefiel es dort, wo ich war. Schließlich nahm er mich beim Arm und brachte mich dazu, mich aufrecht hinzusetzen. So brach er den Bann. Ich öffnete die Augen und blickte ihn an.

»Warum hast du es aufhören lassen?« fragte ich.

Er war ins Schwitzen geraten. »Du kannst leicht zu viel Energie auf einmal bekommen.« Er starrte mich an, wirkte atemlos. »Du hast eine merkwürdige Aura.«

Ich lächelte. »Was ist denn so Besonderes daran?«

Er schüttelte nur den Kopf. »Sie ist gewaltig.«

Das Experiment, Bewußtsein zu verstärken, war spannend, aber ich sah nicht, wie diese Technik ihm helfen könnte, menschliches Blut in das Blut von Christus zu verwandeln. Ich fragte ihn lang und breit aus, doch wollte er keine weiteren Geheimnisse preisgeben. Als wir uns gute Nacht sagten, lag Furcht in seinen Augen; zugleich schien er absolut gebannt von mir. Er hatte erkannt, daß ich keine normale Frau war. Das war für mich auch in Ordnung und schien mir kein Schaden. Denn er würde nichts weiter von meinen besonderen Fähigkeiten mitbekommen.

Ein Irrtum.

Er sollte in der Folge alles über mich erfahren.

Vielleicht sogar mehr, als ich selbst über mich wußte.

Bei den Mönchen lebte ein Meßdiener namens Ralph. Mit seinen zwölf Jahren verfügte er bereits über einen ganz außergewöhnlichen Geist. Er war Arturos Lieblingsschüler. Die beiden unternahmen regelmäßig lange Spaziergänge in die Berge außerhalb von Florenz. Auch ich mochte Ralph gerne. Zu dritt veranstalteten wir oft Picknicks im Wald; ich brachte Ralph das Flötespielen bei, wofür er wirklich Talent besaß. Das Instrument war mir seit Jahr und Tag, an dem ich Krishna zum ersten Mal begegnete, sehr ans Herz gewachsen. Arturo seinerseits gefiel es, uns beim Musizieren zu-

zuhören. Manchmal jedoch ging es derart mit mir durch, daß ich eine Melodie voller Liebe, romantischem Zauber und versunkenen Träumen aufspielte. Dann wurde Arturo still und wirkte mitgenommen. Wie lange wir noch so keusch und tugendhaft würden bleiben können, wußte ich nicht. Was ich jedoch wußte, war, daß mein Alchemist uralte Sehnsüchte in mir wachrief. Was mochten das für Energien sein, die seine Kristalle beschworen?

Eines Tages – ich half gerade Ralph dabei, ein Loch im Dach des Klosters zu reparieren – fand der Junge mit einemmal Spaß daran, mich mit einem albernen Tanz auf der Dachziegelkante zu verblüffen. Ich warnte ihn, doch er hörte nicht auf mich. Er hatte einfach zu viel Spaß dabei. Das ist das Merkwürdige an Unglücken: Sie geschehen oft gerade auf dem Höhepunkt des Glücks.

Ralph glitt aus und stürzte dreißig Meter in die Tiefe. Er brach sich das Rückgrat und litt entsetzliche Schmerzen, als ich zu ihm kam. Ich, der ich so viel Schmerz in meinem Leben gesehen hatte, war durch und durch erschüttert. All die Jahrhunderte hatten mich nicht abgestumpft. Gerade noch war er ein quicklebendiger junger Mann gewesen, und nun würde er für den Rest seines Lebens ein Krüppel sein.

Ich liebte Ralph über alles. Er war wie ein Sohn für mich.

Wahrscheinlich habe ich deshalb das getan, was ich getan habe.

Ich brauchte keinen Vampir aus ihm zu machen, um ihm zu helfen.

Ich öffnete mir die rechte Pulsader und ließ das Blut dorthin strömen, wo seine zerschmetterte Wirbelsäule die Haut durchstoßen hatte. Die Verletzung heilte rasch ab, und die Knochen fügten sich wieder zusammen. Es schien, als würde er gänzlich genesen. Noch besser war, daß er den Grund dafür nicht mitbekam. Er war ganz einfach überzeugt davon, Glück gehabt zu haben.

Doch im Leben gibt es Glück und Unglück.

Arturo beobachtete mich, während ich Ralph behandelte. Er sah alles.

Er wollte wissen, wer ich war. Was ich war.

Es fällt mir sehr schwer, die Menschen, die ich liebe, zu belügen.

Also erzählte ich ihm alles. Selbst das, was Krishna mir gesagt hatte. Die Erzählung dauerte eine ganze Nacht. Als ich fertig war, begriff Arturo, warum ich die Geschichte lieber im Dunkeln hatte berichten wollen. Er verfiel jedoch nicht in Panik. Er war ein erleuchteter Priester, ein Alchemist, der eine Antwort suchte auf die Frage, warum uns Gott überhaupt erschaffen hat. Er war sogar sicher, diese Antwort gefunden zu haben. Wir waren hier, um so wie Gott zu werden. Um so zu leben wie sein gepriesener Sohn. Und dafür brauchten wir bloß ein kleines bißchen vom Blut Christi.

Arturo war überzeugt, daß Krishna mich aus einem bestimmten Grund heraus hatte leben lassen.

Damit mein Blut die Menschheit vor sich selbst retten würde.

Von Beginn an beunruhigte mich, wie er Christus und Vampire in einen Topf warf.

»Aber ich mache niemanden mehr zum Vampir!« protestierte ich.

Voller Ungeduld nahm er mich bei der Hand und starrte mir in die Augen. Er war wie im Fieber; ich merkte die Glut in seinen Fingerspitzen, in seinem Atem. Wessen Seele spürte ich denn hier eigentlich? Meine oder seine? Es schien, als seien wir beide miteinander verschmolzen. Unausweichlich klangen dann auch die Worte, die er folgen ließ.

»Nein, wir machen niemanden mehr zum Vampir«, sagte er. »Mir ist klar, warum Krishna dir dieses Versprechen auferlegt hat. Was wir mit deinem Blut machen, ist ein neuer Mensch. Eine Kreuzung von Mensch und Vampir. Ein Wesen, das ewig lebt, im Glanze des Lichtes und nicht im

Schatten der Finsternis«. Sein Blick verirrte sich auf das hölzerne Kruzifix über seinem Bett. »Ein unsterbliches Wesen.«

Er sprach mit ungeheurem Nachdruck. Und er war nicht verrückt.

Ich brauchte eine Zeitlang, um die Bedeutung seiner Worte zu erfassen.

»Ist so etwas denn möglich?« flüsterte ich.

»Es ist.« Er nahm mich in die Arme. »Ein Geheimnis habe ich dir noch nicht verraten. Es ist außergewöhnlich. Es ist das Geheimnis ständiger Verwandlung. Mit den geeigneten Materialien – zum Beispiel mit deinem Blut – kann ich alles verändern. Wenn du möchtest, kannst du ein solches Mischwesen werden. Ich kann dich sogar wieder zu einem Menschen machen.« Er hielt inne. Vielleicht dachte er an meinen uralten Schmerz über den Verlust von Lalita, meiner Tochter. Ihm war klar, daß meine Unfruchtbarkeit der Fluch meines nicht endenden Lebens war. Es mußte ihm einfach klar geworden sein, denn er fügte hinzu: »Du könntest ein Kind bekommen, Sita.«

5.
KAPITEL

Gegen Mitternacht kehre ich zu dem Gelände zurück. Ich möchte die Anlage von außen einmal näher in Augenschein nehmen. Angezogen habe ich mich von oben bis unten in Schwarz, trage eine Uzi über der Schulter, ein Hochleistungsfernrohr in der einen, einen Geigerzähler in der anderen Hand. Daß meine Haut vorübergehend diesen merkwürdigen Glanz ausgestrahlt hat, beunruhigt mich nach wie vor. Ob sie mit Joel irgend etwas Merkwürdiges anstellen – ihn einer Bestrahlung aussetzen?

Als idealen Aussichtspunkt, von dem aus ich das Gelände überblicken kann, habe ich mir den Gipfel des Hangs ausgewählt, in den die Militärbasis hineingegraben ist. Um dorthin zu gelangen, muß ich ein Stück zu Fuß gehen. Selbst für meinen neuen Jeep ist das Gelände hier zu uneben. Flink und mit gesenktem Kopf bewege ich mich auf mein Ziel zu. Wie die mystische Schlange, die in mir Gestalt angenommen hat. In mir die brennende Begierde, meine Zähne in diesen General zu versenken, den ich gestern abend gesehen habe. Er erinnert mich an Eddie. Nicht, was den verqueren Charakter dieses Psychopathen angeht, sondern seinen Größenwahn. Ich kann viel im Gesicht eines Menschen lesen. Vielleicht sogar ein wenig von seinen Gedanken. Der General will Eddie benutzen, um voranzukommen in der Welt, sie womöglich sogar beherrschen. Keine Ahnung, wo das Pentagon seine Leute herbekommt.

Von hier oben kann ich jeden Quadratzentimeter des Geländes unter die Lupe nehmen. Ich bin aufs neue verblüfft, was den Grad der Sicherheitsvorkehrungen angeht. Es scheint, als seien sie gerüstet, einen Angriff von Außerirdischen abzuwehren. Während ich auf der Lauer liege, landet gerade ein schnittiger, fast raketenförmiger Jet auf der Piste. Er sieht nicht aus wie irgendein anderer Jet, den ich zuvor gesehen habe, und ich vermute mal, daß er Mach 10, also zehnfache Schallgeschwindigkeit drauf hat – und daß der Kongreß von seiner Existenz nicht das geringste ahnt.

Mein Geigerzähler zeigt an, daß die radioaktive Strahlung hier dreimal so hoch ist wie normal, aber doch immer noch unterhalb des kritischen Bereichs liegt. Ich bin einigermaßen verwirrt. Radioaktivität kann für den fluoreszierenden Effekt auf meiner Haut nicht verantwortlich sein. Die hohe Strahlung deutet aber darauf hin, daß sich hier in der Nähe nukleare Sprengköpfe befinden. Wahrscheinlich sitze ich sogar gerade mitten darauf, und sie lagern in den Höhlen, die das Militär in den Hang hineingegraben hat. Daß es die

Höhlen gibt, weiß ich mittlerweile definitiv, denn ich kann von hier aus beobachten, wie unter mir Männer und Ausrüstung auf einer Miniatur-Eisenbahn in den Berg hinein- und wieder herausfahren. Die Leute hier haben offenbar den besten Weg gefunden, die menschliche Rasse in Schwierigkeiten zu bringen.

Die Gefahr, die von abtrünnigen Vampiren ausgeht, ist nichts im Vergleich zu dem Wahnsinn, unbegrenzte Geldmittel an Leute auszuhändigen, die gerne »Geheimnisse« haben. Die auf ihrer Gehaltsliste solche Physiker und Chemiker und Gentechniker stehen haben, die als Kinder die Pandora angefeuert haben, ihre Büchse zu öffnen.

Wie es nun aber Andrew Kane weitgehend geschafft hat, das Werk von Arturo Evola zu wiederholen, bereitet mir doch Kopfzerbrechen. Ich habe keine Erklärung dafür.

Unter mir fährt gerade ein schwarzer Waggon in den Hang hinein. Auf ihm sitzen Soldaten. Sie rauchen und reden über ihre Schätzchen. Unvermittelt schlägt mein Geigerzähler stark aus. Die Strahlung ist nicht so hoch, daß sie Menschen direkt gefährlich werden könnte, bestätigt jedoch, daß die Jungs in Uniform gleich neben einem thermonuklearen Sprengkörper sitzen. Mir ist völlig klar – den meisten Leuten in der Regierung übrigens auch –, daß das berühmt hundertprozentige Sicherheitssystem nur ein Witz ist. Der Präsident der Vereinigten Staaten ist keinesfalls der einzige, der den Einsatz einer amerikanischen Atomwaffe befehlen kann. Vor dem Fall der Mauer lag in Westdeutschland die Befehlsgewalt über den Einsatz einer kleineren Neutronenbombe oft bei einem Leutnant. Gegenwärtig sind *alle* Kapitäne der Atom-U-Boote der amerikanischen Marine autorisiert, ihre Raketen auch ohne den zuvor vom Präsidenten persönlich kommenden Geheimcode abzufeuern. Begründet wird dies damit, daß der Präsident im Kriegsfall höchstwahrscheinlich als erster umkommen dürfte.

Trotzdem macht mich die Sache hier nervös.

Der General hat hier ganz sicher die Befehlsgewalt über diese Bomben.

Gut zu wissen.

Ich habe genug gesehen und gehe zum Jeep zurück. Plötzlich fällt mir auf, daß meine Beine, meine Hände und meine Arme schon wieder merkwürdig glänzen. Erneut schimmert jeder Quadratzentimeter meiner Haut wie fahles Mondlicht – nicht besonders vorteilhaft hier direkt in der Nähe eines Hochsicherheitstraktes. Macht mich viel zu sichtbar. Ich haste zum Jeep, klettere hinein und fahre erst einmal fort.

Aber noch weit vor Las Vegas biege ich ein gutes Stück von der Straße ab.

Eine bizarre Idee ist mir in den Sinn gekommen.

Das Problem liegt nicht an irgendeiner Strahlung. Es hat gar nichts damit zu tun.

Ich steige aus dem Jeep, ziehe mich nackt aus und halte dem Mond meine ausgestreckten Arme entgegen, als ob ich ihn anbeten, ihm meine Reverenz erweisen, seine Strahlen in mich aufnehmen wolle. Nach und nach beginnt nun auch meine Brust, beginnen auch meine Oberschenkel milchig zu leuchten. Und je mehr ich meine Haut dem Mondlicht aussetze, um so heller scheint dieser Glanz auf ihr zu werden. Wende ich sie dagegen vom Mond ab, nimmt sie wieder ihren ganz normalen Teint an.

»Was hat das hier zu bedeuten, Yaksha?« flüstere ich zu meinem verstorbenen Schöpfer.

Das Mondlicht strömt mir jetzt über den rechten Arm. Er leuchtet ganz besonders stark. Als ich ihn mir dicht vor die Augen halte, *kann ich durch ihn hindurchsehen*! Ich kann durch mein Fleisch hindurch den Boden sehen!

Ich ziehe mich wieder an.

Wenn ich Andrew Kane verführen will, darf ich nicht wie eine Adventskerze leuchten.

6. KAPITEL

Lara Adams heiße ich, als ich noch am selben Abend das Casino betrete und mich neben Andrew Kane an den Würfeltisch stelle. Rothaarig bin ich noch immer, spreche mit leichtem Südstaaten-Akzent und trage ein artiges Lächeln auf den Lippen. Neu ist der Name für mich nicht. Ich habe ihn schon einmal benutzt, als ich mich an der Mayfair Highschool in Oregon immatrikulierte, wo ich dann Ray und Seymour begegnete. Kaum zu fassen, daß das erst zwei Monate her ist. Wie sich das Leben doch schlagartig verändern kann, wenn man ein Vampir auf der Flucht ist.

Andy schaut zu mir herüber und lächelt. Wieder hat er die Würfel in der Hand. Er ist erst seit fünf Minuten hier im Casino, hat aber schon ein paar Drinks intus.

»Lust auf ein Spielchen?« fragt er.

»Hätten Sie's gerne?«

Er läßt die Würfel in der Handfläche klimpern. »Und was ich alles gerne hätte.«

Ich hole einen Stoß Hundert-Dollar-Chips aus meiner Tasche und lege ihn auf die Kombination sieben und elf – seine Lieblingswette. Andy wirft. Die Würfel tanzen über dem grünen Filz. Als sie zum Stillstand kommen, lachen uns die Drei und Vier an.

»Die Sieben gewinnt«, ruft der Croupier und zahlt unsere Wetten aus. Andy wirft mir erneut ein Lächeln zu.

»Du bist eine Glücksfee«, meint er.

Ich verdoppele meinen Einsatz. »Ich glaube, das ist mein Abend heute«, sage ich.

Bevor die Würfel zu mir kommen, haben Andy und ich insgesamt über achthundert Dollar verloren. Das wird sich nun ändern. Dank meiner übernatürlichen Möglichkeiten kann ich jede Zahl werfen, die ich will. Geübt habe ich das seit meiner Rückkehr vom Militärgelände oben in meiner Suite. Bedächtig plaziere ich die Würfel so in der linken Hand, daß Fünf und Sechs nach oben zeigen. In einer blitzartigen Bewegung werfe ich sie aus. Fröhlich springen sie auf, für menschliche Augen scheinbar willkürlich. Der Witz ist aber der, daß sie in derselben Position zum Stillstand kommen, in der sie gestartet sind. Auf der Elf kassieren Andy und ich jeweils einhundert Dollar. Weil ich gewonnen habe, bin ich noch einmal dran mit Würfeln. Den Leuten am Tisch gefällt das. Die meisten setzen wie ich auf sieben oder elf.

Ich lande zehnmal hintereinander auf dem Feld, bevor ich die Würfel weitergebe. Man soll es ja nicht übertreiben. Andy gefällt das.

»Wie heißen Sie?« fragt er.

»Lara Adams. Und Sie?«

»Andrew Kane. Sie sind alleine hier?«

Ich mache einen Schmollmund. »Hergekommen bin ich mit einem Bekannten. Aber wie es aussieht, werde ich wohl alleine nach Hause gehen.«

Andy kichert. »Das ist nicht gesagt. Es ist ja noch früh am Abend.«

»Es ist fünf Uhr früh«, erinnere ich ihn.

Er deutet auf mein Glas Wasser. »Soll ich Ihnen mal ein bißchen was Stärkeres besorgen?«

Ich lehne mich gegen den Tisch. »Ich glaub' schon, daß ich was Stärkeres vertragen könnte.«

Wir machen uns wieder ans Würfeln, und immer dann, wenn ich dran bin, klappt alles bestens. Die Leute am Spieltisch bauen darauf, daß ich noch mal eine Superserie hinlege, aber ich achte schön darauf, hier bloß als Glücksprinzessin und nicht etwa als Übernatürliche aufzutreten. Andy sahnt mächtig ab und holt sich das ganze Geld zurück, das er am Vorabend verloren hat, und danach noch ein bißchen mehr. Beide trinken wir zuviel. Ich vier Magheritas, Andy fünf Scotch – plus dem, was er sich schon genehmigt hatte, bevor er mir begegnete. Auf mich hat Alkohol keinerlei Wirkung. Meine Leber neutralisiert ihn praktisch schon in dem Augenblick, in dem er in meinen Körper eintritt. Mir macht auch Gift irgendwelcher Art nichts aus. Andy allerdings ist mittlerweile betrunken, also genau in dem Zustand, in dem sich Casinos ihre Gäste wünschen. Er will gerade ein Bündel von fünfhundert Dollar setzen, als ich ihn vom Tisch wegzerre.

»Was soll denn das?« protestiert er. »Wir haben doch eine Glückssträhne.«

»Du kannst gewinnen und dabei trotzdem dein Unglück herausfordern. Komm, laß uns einen Kaffee trinken gehen. Ich geb' einen aus.«

Er stolpert neben mir her. »Ich habe den ganzen Abend gearbeitet. Ich brauche jetzt ein Steak.«

»Was immer du willst.«

Der Coffeeshop im Mirage ist Tag und Nacht geöffnet. Hier kann Andy sein Steak bekommen. Er bestellt es sich medium, mit Backkartoffel. Bier will er auch, aber ich bestehe darauf, daß es statt dessen ein Glas Milch wird.

«Du machst dir den Magen kaputt«, sage ich, während wir auf unser Essen warten. Auch ich habe meine Leibspeisen – Blut einmal ausgenommen. Ich habe Grillhähnchen mit Reis und Gemüse bestellt. Eigentlich erstaunlich: Für einen Vampir esse ich jede Menge Gemüse. Nichts ist gesünder als dieses leckere Grünzeug. Na ja, eben einmal abgesehen von den leckeren roten Tröpfchen. Während ich hier mit Andy sitze, bekomme ich richtig Appetit auf Blut. Bevor ich mich ins Bett lege, werde ich mir noch irgendeinen Touristen auf der Straße vorknöpfen und ihm ein kleines Vergnügen bereiten. Das heißt, wenn ich nicht die Nacht – genauer gesagt den Tag – mit Andy verbringe. Er schaut mich an, und seine Augen glänzen. »Ich kann ihn mir im Falle eines Falles rausnehmen und auswechseln lassen«, erwidert er.

»Warum trinkst du nicht ganz einfach weniger?«

»Ich hab' Feierabend.«

»Woher kommst du?«

Er kichert bloß. »Von hier!« Dann ist er wieder ernst. »Du bist eine total hübsche junge Frau. Aber das weißt du bestimmt schon.«

»Es hört sich trotzdem gut an.«

»Woher kommst du denn?«

»Aus dem Süden, aus Florida. Ich bin mit einem Freund für ein paar Tage hier, aber im Augenblick ist er sauer auf mich.«

»Warum?«

»Ich hab' ihm gesagt, daß ich Schluß machen will.« Dann füge ich hinzu: »Er kann ganz schön gemein sein.« Ich schlürfe an meiner Milch und stelle mir dabei vor, daß ein bißchen Blut der Kellnerin dem Ganzen mehr Würze geben würde. »Und du? Was machst du denn so?«

»Ich bin ein verrückter Wissenschaftler.«

»Echt? Auf was bist du denn verrückt?«

»Du meinst, was für eine Art Wissenschaftler?«

»Ja. Und du arbeitest hier in der Nähe?«

Er wirkt plötzlich etwas zurückhaltender, obwohl er noch immer ziemlich betrunken ist. »Ich bin Gentechniker. Ich arbeite für die Regierung. Sie unterhalten ein Labor hier in der Stadt.«

Ich necke ihn ein bißchen: »So eins dieser strenggeheimen Labors?«

Er lehnt sich zurück und zuckt mit den Schultern. »Das hätten sie gerne. Sie fühlen sich nur dann wohl, wenn wir den vorherrschenden Wissenschaftlern aus dem Weg gehen.«

»Höre ich da so etwas wie Unmut heraus?«

»Unmut nicht. Das wäre zuviel gesagt. Ich mag meinen Job. Er hat mir Möglichkeiten eröffnet, die ich in der normalen Arbeitswelt nicht hätte. Was du heraushörst, ist wohl eher so etwas wie Frust. Die Möglichkeiten, die wir in unserem Labor herausgearbeitet haben, werden nicht voll genutzt. Wir brauchen Leute aus allen Branchen, aus aller Herren Länder.«

»Du meinst, das Labor sollte allen offenstehen?«

»Genau. Was nicht heißen soll, daß ich nicht einsähe, daß wir manche Sachen unter Verschluß behalten müssen.« Er macht eine Pause. »Vor allen Dingen in letzter Zeit.«

»Ist was Spannendes passiert?«

Er schaut weg und kichert, doch als er spricht, liegt so etwas wie Kummer in seiner Stimme. »Etwas sehr Spannendes.« Er dreht sich wieder mir zu. »Darf ich dir eine persönliche Frage stellen, Lara?«

»Na klar.«

»Wie alt bist du?«

»Rate mal«, kokettiere ich.

Er ist ziemlich durcheinander. »Ich weiß nicht. Am Tisch dachte ich, du bist so um die dreißig. Aber hier und jetzt scheinst du mir viel jünger.«

Ich hatte mich mit Make-up und Kleidung auf älter getrimmt. Mein weißes Kleid ist ziemlich lang und konservativ; um den Hals trage ich eine Perlenkette. Meinen knalligen Lippenstift habe ich mit Absicht ein wenig zu dick aufgetragen. Passend zu meiner roten Perücke trage ich einen roten Schal.

«Ich bin neunundzwanzig«, kläre ich ihn auf. Dieses Alter steht auch in meinem neuen Führerschein und meinen Ausweispapieren. »Danke für das Kompliment.« Nach einer kleinen Pause frage ich ihn:» Und wie alt bist du?«

Er lacht und hebt sein Glas Milch hoch. »Sagen wir mal so: Wenn ich nur so was hier trinken würde, wäre meine Leber sehr viel jünger.«

»Milch ist gesund.«

Er stellt das Glas wieder ab und starrt hinein. »Wie ein paar andere Dinge auch.«

»Andy?«

Er schüttelt den Kopf. »Hat was mit meiner Arbeit zu tun. Ich kann nicht darüber reden. Es würde dich doch bloß langweilen.« Er wechselt das Thema. »Wo hast du denn derart würfeln gelernt?«

»Wie meinst du das: derart?«

»Na komm schon. Du wirfst sie doch immer auf die gleiche Art. Die Zahl, die kommen soll, hältst du vorher auf der Handfläche. Wie machst du das? Ich habe noch nie jemanden getroffen, der die Würfel so kontrollieren konnte.«

Jäh wird mir bewußt, daß ich zu weit gegangen bin. Er ist jedenfalls nicht auf den Kopf gefallen. Er besitzt eine scharfe Beobachtungsgabe, selbst wenn er unter Alkoholeinfluß steht.

Irgendwie macht es mir aber auch gar nichts aus, daß er in mir etwas Außergewöhnliches sieht. Denn viel Zeit habe ich ja gar nicht, um sein Interesse an mir zu wecken. Ich muß ihn morgen abend unter meiner Knute haben. Dann nämlich will ich Joel befreien.

Vorsichtig gebe ich ihm eine Antwort: »Ich hatte eine Menge interessanter Lehrer. Vielleicht kann ich dir mal von ihnen erzählen.«

»Wie wär's denn gleich mit heute?«

»Heute? In einer Stunde geht die Sonne auf.«

»Ich muß erst wieder zur Arbeit, wenn sie untergeht.« Er langt über den Tisch und nimmt meine Hand. »Du gefällst mir, Lara. Wirklich.« Er macht eine Pause. »Mir ist, als würde ich dich von irgendwoher kennen.«

Ich schüttele den Kopf. Ob er die Ähnlichkeit zwischen Joel und mir spürt? »Wir sind uns noch nie begegnet«, erwidere ich.

7. KAPITEL

Wir fahren zu ihm nach Hause. Er bietet mir etwas zu trinken an. Als ich ablehne, macht er sich selbst noch einen Scotch on the rocks. Durch das Essen ist er wieder ein wenig nüchterner geworden, macht sich aber zügig daran, sich erneut zu betrinken. Er hat ein echtes Problem, und jetzt wird es auch zu meinem. Zwar löst ihm der Alkohol die Zunge, und er verrät mir viel mehr über seine Arbeit, als er eigentlich tun sollte – obwohl er von Joel oder Vampiren noch kein Wort erwähnt hat. Aber ich brauche ihn bei klarem Verstand, wenn er mir nützlich sein soll. Zeit, mich großartig um seine verletzte Psyche zu kümmern, habe ich nicht. Warum trinkt er bloß so viel? Er hat gelogen, als er sagte, daß er nichts gegen seinen Chef habe. In Wirklichkeit haßt er den General offensichtlich. Seine Gedanken lesen kann ich nicht, wohl deswegen, weil er sich mit Alkohol zu sehr einnebelt. Was ich spüren kann, sind tiefgreifende emotionale Konflikte. Zugleich ist er auf intellektueller Ebene sehr ergriffen. Es tut ihm gut, an Joel zu arbeiten, dessen Blut zu untersuchen, und doch stört es ihn, daß er so unmittelbar in das Projekt eingebunden ist. Daran habe ich keine Zweifel.

Wir sitzen im Wohnzimmer auf der Couch. Er blättert seine Post durch und wirft sie dann auf den Boden. »Rechnungen!« murmelt er und nimmt einen Schluck. »Die härteste Form der Realität, den Tod einmal ausgenommen.«

»So wie du spielst, verdienst du hoffentlich eine Menge.«

Er schnaubt leise und blickt zum Himmel, wo die Sonne gerade aufgeht. »Ganz sicher zahlen sie mir nicht das, was ich verdient hätte.« Er schaut meine Perlenkette an. «Du siehst mir jedenfalls aus wie jemand, der sich um Geld keine Sorgen machen muß.«

»Mein Vater hat mit Öl Millionen gemacht, bevor er starb.« Ich zucke mit den Schultern. »Ich war noch ein Kind.«

»Er hat dir alles hinterlassen?«

»Jeden Pfennig.«

»Hört sich gut an.«

»Ist es auch.« Ich rücke näher an ihn heran, berühre sein Knie. Auf die verführerische Weise. Manchmal könnte ich die Frau eines Predigers genauso leicht verführen wie einen geilen Matrosen. Sex hat für mich nichts Geheimnisvolles, und ich habe keine Skrupel. Ich setze meinen Körper so ein wie jede andere Waffe. »Was genau machst du denn in deinem Labor?« frage ich.

Er weist auf sein Arbeitszimmer. »Ist hier drin.«

»Was ist da drin?«

Er gönnt sich noch einen Schluck Scotch. »Meine größte Entdeckung. Ich bewahre ein Modell davon hier auf, um mich zu inspirieren.« Er rülpst. »Aber im Augenblick würde mich eine fette Gehaltserhöhung mehr inspirieren.«

Obwohl ich bereits weiß, was in seinem Arbeitszimmer steht, marschiere ich hinüber und gucke kurz auf die beiden DNS-Modelle, das menschliche und das mit den Vampirmolekülen. »Was ist das denn?« frage ich.

Er ist zu sehr mit seinem Drink beschäftigt, als daß er aufstehen würde. »Hast du schon mal von DNS gehört?«

»Na klar. Ich war auf dem College.«

»Wo denn?«

»Florida.« Ich setze mich zurück auf die Couch, diesmal noch dichter neben ihn als vorher. »Ich habe meine Abschlußprüfung mit Auszeichnung bestanden.«

»Was hattest du als Hauptfach?«

»Englische Literatur. Ich habe aber auch ein paar Biologiekurse belegt. Die DNS ist eine doppelte Spirale, welche die Information für alles Leben kodiert.« Ich halte inne. »Sind das Modelle der menschlichen DNS?«

Er stellt sein Glas ab. »Eins ja.«

»Und das andere?«

Er räkelt sich und gähnt. »Ein Projekt, an dem meine Kollegen und ich seit letztem Monat arbeiten.«

Mir läuft es eiskalt über den Rücken. Genau zu der Zeit hat Eddie seine Bande von Vampirgangstern ins Leben gerufen. Andy konnte Arturos Vision von der Vampir-DNS aufgreifen,weil er die Moleküle bereits eine ganze Zeitlang untersuchen konnte, und zwar lange bevor Joel geschnappt wurde. Das aber kann nur heißen, daß einer von Eddies Brut meinem Gemetzel entkommen ist.

»Weiß ich gar nicht. Immerhin habe ich dir deine alberne Truppe plattgemacht.«

»Wie kannst du dir da so sicher sein?«

»Jetzt bin ich es. Ich merke nämlich, wenn jemand lügt. Das ist eine der großen Gaben, die ich besitze und du nicht. Von euch allen bist allein du noch übrig, und wir beide wissen das.«

»Und wenn schon. Ich kann mehr erschaffen, wann immer ich es will.«

Eddie gab zu, daß keine anderen Vampire mehr existierten. Er war nicht imstande, mich hereinzulegen, aber vielleicht war er ja selbst hereingelegt worden. Vielleicht hatte ja einer aus *seiner* Brut einen neuen Vampir erschaffen und ihm nichts davon gesagt. Das ist die einzige Erklärung. Dieser Vampir muß dann von der Regierung geschnappt und auf das Wüstengelände gebracht worden sein. Vielleicht ist dieser mysteriöse Vampir ja jetzt noch immer dort? Jedenfalls ist mein Befreiungsversuch dadurch noch komplizierter geworden.

Möglicherweise bin ich ja auch schon zu spät dran. Andy hat – zumindest in groben Zügen – einen Entwurf der DNS von Vampiren. Wie lange dauert es dann noch, bis er und seine Kollegen imstande sind, neue Blutsauger aus der Taufe zu heben? Meine einzige Hoffnung ist die Tatsache, daß der General alles höchst geheim behandelt. Er wird erst dann aus der Reserve kommen, wenn seine Zeit anbricht, soviel weiß ich von Andy über ihn. Alles, was mit Vampiren zu tun hat, ist mit Sicherheit noch auf dem Gelände versteckt.

Auf Andys Kommentar hin zwinge ich mir ein Lächeln ab. Es fällt mir verdammt schwer. »Bastelt Ihr an einem modernen Frankenstein?« frage ich.

Meine Frage trifft ihn – welch Wunder – an einer empfindlichen Stelle. Einen Augenblick lang sitzt er einfach nur da und starrt in sein Glas, als sei es eine Kristallkugel.

»Wir spielen mit hohem Einsatz«, gibt er zu. »Wenn man die DNS irgendeiner Spezies verändert, ist das wie ein Würfelspiel. Man kann gewinnen oder verlieren.«

»Aber es muß doch aufregend sein, so ein Spiel zu spielen!«

Er seufzt nur. »Wir haben den falschen Kerl als Chef.«

Ich lege ihm die Hand auf die Schulter. »Wie heißt er denn?«

»General Havor. Ein knallharter Bursche. So was wie einen Vornamen besitzt er bei uns überhaupt nicht. Jedenfalls kennt ihn keiner. Wir sagen immer nur ›General‹ oder ›Sir‹ zu ihm. Er glaubt an Ordnung, Befehlsausführung, Opfer, Disziplin und Macht.« Andy schüttelt den Kopf. »Ganz sicher schafft er kein Klima für selbständiges Denken und vertrauensvolle Zusammenarbeit.«

Ich mache ganz auf verständnisvolle Freundin. »Dann solltest du kündigen.«

Ein amüsiertes, bitteres Grinsen blitzt in seinem Gesicht auf. »Wenn ich jetzt kündige, verpasse ich eine der umwerfendsten Entdeckungen der Neuzeit. Außerdem brauche ich den Job. Ich brauche das Geld.«

Ich streiche ihm über die Haare. Meine Stimme hat einen sanften, verführerischen Klang. »Entspann dich, Andy, und denk nicht mehr an diesen blöden General. Weißt du was? Komm morgen gleich nach der Arbeit in meine Suite. Ich wohne im Mirage, Zimmer Zwei-Eins-Drei-Vier. Wir spielen ein bißchen und gehen noch mal schön essen später in der Nacht.«

Zärtlich nimmt er meine Hand. Für einen Moment blicke ich in seine Augen, und ich erkenne seinen Intellekt, spüre die Wärme, die von ihm ausgeht. Er ist ein guter Mann, der einfach am falschen Platz arbeitet.

»Mußt du jetzt gehen?« fragt er traurig.

Ich beuge mich vor zu ihm und drücke ihm einen Kuß auf die Wange. »Ja. Aber wir sehen uns morgen.« Ich lehne mich wieder zurück und zwinkere ihm zu. »Wir werden uns amüsieren.«

Das gefällt ihm. »Weißt du, was ich an dir mag, Lara?«

»Was denn?«

»Du hast ein gutes Herz. Ich weiß, ich kann dir vertrauen.«

Ich nicke. »Das kannst du auch, Andy. Das kannst du wirklich.«

8. KAPITEL

Einer der traurigsten Romane der neueren Literatur ist – zumindest in meinen Augen – Mary Shelleys Frankenstein. Weil ich nämlich selbst in gewisser Weise dieses Monster bin. Wissentlich oder unwissentlich habe ich über weite Epochen hin Stoff für Alpträume abgegeben. Ich bin die personifizierte Urangst, eine Leiche, die wieder zum Leben erwacht, oder, genauer gesagt: etwas, das sich zu sterben weigert. Ich finde jedoch, daß ich mehr Mensch bin als das Geschöpf bei Shelley, menschlicher als die Nachkommen Arturos. Sicher: Ich bin ein Monster, aber ich kann auch tiefe Liebe empfinden. Allerdings konnte selbst meine Liebe zu

Arturo nicht verhindern, daß er uns in einen Alptraum stürzte, aus dem es gar kein Erwachen mehr zu geben schien.

Sein Geheimnis der Verwandlung war ebenso einfach wie unglaublich. Unter New-Age-Anhängern ist es in Mode, Kristalle zu benutzen, um höhere Bewußtseinszustände zu erreichen. Was die meisten dieser Leute nicht wissen, ist, daß ein Kristall bloß die Funktion eines Verstärkers haben kann und daß er äußerst vorsichtig eingesetzt werden muß. Denn all das, was in der Aura, dem psychischen Feld der entsprechenden Person vorhanden ist, wird verstärkt. Haß kann ebenso leicht angekurbelt werden wie Mitgefühl. Allerdings können sich gemeine, bösartige Gefühle eher verbreiten. Arturo besaß eine intuitive Eingebung dafür, welchen Kristall er bei welcher Person einsetzen konnte. Bei den allermeisten lehnte er dieses Vorgehen übrigens kategorisch ab. Denn nur wenige schienen ihm bereit für und gefaßt auf derartige hohe Schwingungen. Tragisch nur, daß ihn diese Intuition im Stich ließ, als er ein Fläschchen Blut von mir in den Händen hielt. Leider ließ ihn aber sein Genie dabei nicht im Stich. Denn eines Genies bedurfte es schon, um die Dinge so weit zu treiben, wie er es tat.

Ein durchgeknalltes Genie.

Wenn Arturo bei seinen geheimen geometrischen Anordnungen Magneten und Kupferplatten einsetzte, wurden die Schwingungen der Kristalle, die er über der Person plaziert hatte, in die Aura übertragen. Richtete er beispielsweise einen durchsichtigen Quarzkristall unmittelbar über meinem Kopf ein, bewirkte das bei mir einen tiefen, friedlichen Bewußtseinszustand. Benutzte er denselben Kristall aber bei Ralph, wurde der Junge aufgeregt. In Ralphs Kopf gingen zu viele Dinge vor sich, und er war einfach nicht bereit für Kristalle. Das begriff Arturo. Er war ein Alchemist im wahrsten Sinne des Wortes. Er konnte transformieren, was nicht verändert werden konnte. Seelen ebenso wie Körper.

Arturo glaubte nicht daran, daß der Körper den Geist erschafft. Für ihn war es genau andersherum, und ich bin überzeugt davon, daß er recht damit hatte. Wenn er Einfluß auf eine Aura nahm, veränderte er damit auch die Physiologie des betreffenden Menschen. Er brauchte schlicht und einfach die geeigneten Materialien, um zu verändern, was immer er verändern wollte. Einen fehlerhaften Menschen in einen glorreichen Gott. Eine unfruchtbare Vampirfrau in eine liebevolle Mutter.

Die Möglichkeit, wieder ein Mensch zu werden, war es letztendlich, die mich dazu veranlaßte, ihm mein Blut zu geben. Wieder eine Tochter in den Händen zu halten – was für eine phantastische Vorstellung! Ich ließ mich von uraltem Kummer verleiten. Yaksha hatte mich mit dem Verlust von Rama und Lalita teuer für meine Unsterblichkeit bezahlen lassen. Arturo stellte mir nun in Aussicht, die Hälfte dessen, was ich verloren hatte, wiederzubekommen. Seit viertausend Jahren war es vorbei damit gewesen. Lieber die Hälfte als gar nichts, dachte ich mir. Während ich mein Blut für Arturo in einen goldenen Kommunionskelch fließen ließ, betete ich zu Krishna, er möge es segnen.

»Es ist nicht so, daß ich mein Versprechen breche«, flüsterte ich, ohne jedoch meinen eigenen Worten zu glauben. »Ich will nur diesen Fluch von mir ablegen.«

Ich ahnte nicht, daß Arturo, während ich meinen Gott anbetete, das gleiche mit seinem tat. Er bat um die Erlaubnis, menschliches Blut und das eines Vampirs in die kostbare Lebensflüssigkeit von Jesus Christus zu verwandeln. Das Genie mag einen Menschen zum Fanatiker machen. Aber ein Fanatiker wird nie auf irgend etwas anderes hören als auf seine eigenen Träume. Arturo war sanft und freundlich, warmherzig und liebevoll. Doch er war auch überzeugt davon, eine große Bestimmung zu haben. Hitler war der gleichen Überzeugung. Beide strebten etwas an, das es in der Natur niemals gegeben hatte – das perfekte Wesen. Und ich, das Monster aus der Urzeit, wollte doch bloß ein Kind. Arturo und ich hätten uns nie begegnen dürfen.

Aber vielleicht lag ja in unserer Begegnung auch schon Bestimmung.

Mein Blut wirkte so dunkel im Kelch.

Dem heiligen Kelch gelang es nicht, meine düstere Stimmung zu vertreiben.

Arturo hatte vor, mein Blut über dem Kopf ausgewählter Personen zu plazieren. Die Schwingung meiner Unsterblichkeit zu vereinen mit der eines Sterblichen. Wenn er die Aura veränderte, dann transformierte sich Arturo zufolge auch der Körper. Von allen Menschen hätte gerade er doch wissen müssen, wie machtvoll mein Blut war. Er hatte mir tief in die Augen geschaut. Er hätte merken müssen, daß sich mein Wille nicht einfach dem Willen eines anderen unterordnet.

»Du gibst ihnen das Blut aber doch nicht in die Adern?« fragte ich ihn, als ich ihm den Kelch reichte. Er schüttelte den Kopf.

»Niemals«, schwor er. »Dein Gott ist auch meiner. Dein Gelübde wird ungebrochen bleiben.«

»Ich mache mir nichts vor«, erwiderte ich leise. »Einen Teil davon habe ich gebrochen.« Ich rückte näher an ihn heran. »Ich mache es für dich.«

In diesem Moment berührte er mich, etwas, was er ansonsten nur selten tat. Es fiel ihm schwer, mein Fleisch zu berühren und nicht daran zu verglühen. »Du machst es auch für dich selbst«, meinte er.

Ich genoß es, ihm tief in die Augen zu blicken. »Das stimmt. Aber so wie ich dies hier für uns beide tue, mußt du es auch tun.«

Er schien sich von mir zurückziehen zu wollen. Schließlich kam er mir aber sogar noch ein wenig näher. »Wie meinst du das?«

Ich küßte ihn auf die Wange. Es war das erste Mal. »Auch du mußt dein Gelübde brechen. Du mußt mit mir schlafen.«

Seine Augen weiteten sich. »Das kann ich nicht. Ich habe mein Leben Christus gewidmet.«

Mir war nicht nach Lachen zumute. Seine Worte waren ja auch nicht komisch, sondern eher tragisch. In ihnen verborgen lag der Samen all dessen, was noch folgen sollte. Zu jener Zeit konnte ich dies jedoch noch nicht erkennen, zumindest nicht klar und deutlich. Ich wollte ihn einfach unbedingt haben. Wieder küßte ich ihn, diesmal auf die Lippen.

»Du glaubst, daß dich mein Blut zu Christus führt«, sagte ich. »Ich weiß nicht, ob dem so ist. Aber ich weiß, wohin ich dich führen kann.« Ich stellte den Kelch mit meinem Blut ab und schlang die Arme um ihn. Die Flügel eines Vampirs, der seine Beute verschlingt. »Tu so, als sei ich dein Gott, Arturo. Wenigstens heute nacht. Ich werde es dir einfach machen.«

Bei Arturos Prozedur gab es ein letztes Detail, das ich bei meiner ersten Sitzung nicht hatte erkennen können. Während ich mit all dem Brimborium um mich herum auf dem Boden lag, hatte er einen Spiegel über den Kristallen aufgehängt. Dieser Spiegel war auf einen anderen draußen abgestimmt, der das Mondlicht durch die Kristalle hindurchschimmern ließ. Es war genau dieser Lichteinfall – vom Quarzmedium noch verändert –, der die höheren Schwingungen in der Aura auslöste, die wiederum den Körper transformierte. Arturo ließ nie direktes Sonnenlicht auf die Kristalle einwirken, weil er meinte, daß es viel zu stark sei. Natürlich wußte er, daß Mondlicht mit Sonnenlicht identisch und nur durch kosmische Reflexion abgeschwächt ist.

Mit eigenen Händen formte Arturo ein Kristallfläschchen, um mein Blut darin aufzubewahren.

Sein erstes Experiment übte er an einem von Geburt an zurückgebliebenen Kind aus der Nachbarschaft aus. Der

Junge lebte auf der Straße und ernährte sich von den Brosamen, die ihm Fremde zuwarfen. Es war mein Wunsch gewesen, daß Arturo zunächst mit jemandem arbeitete, der ihn auf keinen Fall der Inquisition ausliefern konnte. Trotzdem ging Arturo ein großes Risiko ein, überhaupt an einem Menschen zu experimentieren. Die Kirche hätte ihn auf den Scheiterhaufen geworfen. Wie ich dieses selbstgerechte verlogene Dogma haßte! Arturo hatte keine Ahnung davon, daß ich eine Menge Inquisitoren umgebracht hatte. Ein kleines Detail, das ich in der Beichte ihm gegenüber zu erwähnen vergessen hatte.

Ich erinnere mich noch gut daran, wie sanft Arturo mit dem Kind umging, damit es sich auf der Kupferplatte entspannte. Für gewöhnlich war der Junge dreckig und speckig, doch hatte ich ihn vor Beginn des Experiments in die Wanne gesteckt. Natürlich war er voller Mißtrauen anderen gegenüber, weil er schon so oft in seinem Leben von anderen mißbraucht worden war. Aber uns mochte er, denn ich hatte ihm ab und zu etwas zu essen gegeben, und Arturo hatte ohnehin eine gute Hand mit Kindern. Jedenfalls lag er schon bald ruhig auf dem Kupfer und atmete ganz normal. In der dunklen Flasche Blut spiegelte sich das Mondlicht und warf einen rötlichen, unheimlichen Schimmer durch den Raum. Er erinnerte mich an die Dämmerung, unmittelbar bevor die Nacht hereinbricht.

»Da geschieht etwas!« flüsterte Arturo, während wir beobachteten, wie sich der Atem des Jungen beschleunigte. Zwanzig Minuten lang befand sich das Kind in einem Stadium der Hyperventilation. Es zuckte und schüttelte sich. Wir hätten den Prozeß unterbrochen, wenn das Gesicht des Jungen dabei nicht völlig ruhig geblieben wäre. Außerdem waren wir ja immerhin Zeuge eines historischen Ereignisses, vielleicht sogar eines Wunders.

Schließlich lag der Junge wieder ruhig. Arturo lenkte das Mondlicht wieder um und half dem Jungen beim Aufstehen.

In den Augen des Kleinen lag etwas seltsam Neues – sie leuchteten. Er umarmte mich.

»*Ti amo anch ío, Sita*«, sagte er. »*Ich liebe dich auch, Sita.*« Ich hatte ihn zuvor noch nie einen ganzen Satz sagen hören. Ich war so überwältigt vor Freude, daß mir dabei überhaupt nicht in den Sinn kam, daß ich ihm gegenüber niemals meinen richtigen Namen erwähnt hatte. In ganz Italien kannten ihn bloß Arturo und Ralph. Wir waren beide überglücklich, daß das Gehirn des Kindes ganz normal zu funktionieren schien. Ich weinte richtige Tränen und keine aus Blut.

Die aus Blut sollten später noch kommen.

Dieses erste und erfolgreiche Experiment gab Arturo gewaltigen Auftrieb und ließ seine Vorsicht ermüden. Er war Zeuge einer geistigen Veränderung geworden; jetzt wollte er auch eine körperliche sehen. Er machte sich auf die Suche nach einem Leprakranken und brachte eine etwa sechzigjährige Frau mit, deren Zehen und Finger bereits von der gefürchteten Krankheit zerfressen waren. Der Anblick von Leprösen war mir über die ganzen Jahrhunderte ein ganz besonderer Greuel gewesen. Im Rom des zweiten Jahrhunderts hatte ich einen Liebhaber, der an Aussatz erkrankte. In der Endphase seiner Krankheit flehte er mich an, ihn zu töten, und das tat ich auch. Ich preßte mir die Augen zu und zertrümmerte ihm den Schädel. Heutzutage gibt es eben AIDS. Jedem Zeitalter serviert die Natur ihr spezielles Horrormenü. Sie ist wie Gott Krishna: voller böser Überraschungen.

Die Frau war beinahe schon zu krank, um überhaupt mitzubekommen, was wir mit ihr anstellten. Arturo gelang es jedenfalls, sie zu ruhigen Atemzügen zu bewegen, und schon bald geschah das Wunder erneut. Sie hyperventilierte, zuckte dabei noch ärger, als dies der Junge getan hatte. Doch Augen und Gesicht blieben ruhig. Ich war nicht sicher, was in ihr vorging; es war auf alle Fälle nicht so, daß ihr einfach plötzlich neue Zehen und Finger gewachsen wären. Als sie es hinter sich hatte, führte Arturo sie nach oben und ließ sie sich auf einem Bett ausruhen. Von Anfang an schien sie stärker, wacher zu sein als zuvor.

Nach ein paar Tagen wuchsen ihr Finger und Zehen nach. Zwei Wochen später wies sie keinerlei Leprasymptome mehr auf.

Arturo versetzte das in einen Begeisterungstaumel, aber ich fing an, mir Sorgen zu machen. Wir schärften der Frau ein, niemanden zu erzählen, was wir mit ihr getan hatten. Natürlich erzählte sie es *allen*. Die Gerüchte machten die Runde. Klug wie er war, gab Arturo ihre Heilung als Gnade Gottes aus. Doch ein Heiliger zu sein, war in jenen Zeiten der Inquisition noch gefährlicher, als ein Sünder zu sein. Denn ein Sünder konnte – außer, man bezichtigte ihn der Ketzerei – Reue zeigen und dann mit einer Auspeitschung davonkommen. Hinter einem Heiligen jedoch konnte sich eine Hexe verbergen. Lieber jemanden verbrennen, der möglicherweise ein Heiliger war, so argumentierte die Kirche, als auch nur einen davonkommen zu lassen, der möglicherweise eine Hexe war. Die Kirche besaß einen merkwürdigen Gerechtigkeitssinn.

Doch Arturo war kein Narr. Er heilte keine Leprakranken mehr, obwohl noch Dutzende zu ihm an die Tür kamen und um Hilfe baten. Er setzte seine Experimente an ein paar Taubstummen fort, die geistig zurückgeblieben waren. Wie schrecklich war es, die Leprakranken abzuweisen! Diese eine Frau hatte ihnen so viel Hoffnung gemacht.Heutzutage sprechen die sogenannten Fachleute oft von der Tugend Hoffnung. In meinen Augen jedoch bringt die Hoffnung Kummer. Diejenigen sind doch die Zufriedensten auf der Welt, die nichts mehr erwarten und daher zu träumen aufgehört haben.

Und ich? Ich hatte davon geträumt, Arturos Geliebte zu sein, und kaum war er mein, war er auch schon unglücklich. O doch, er genoß es, mit mir zu schlafen und nahe bei mir zu sein. Doch danach kam er nie davon ab, es für Sünde zu halten. Wir hatten uns für unsere Affäre einen ungünstigen Zeitpunkt ausgesucht. Er brach sein Zölibatsgelübde, unmittelbar bevor er seine Bestimmung erreicht hatte. Sollte Gott ihn nun also verfluchen oder segnen? Ich bat Arturo, sich wegen Gott keine Sorgen zu machen. Dem Burschen war ich ja schon einmal begegnet. Der tat, was er wollte und wann er es wollte, unabhängig davon, wie sehr die Menschen etwas wünschten. Ich erzählte Arturo viel von Krishna, und er hörte mir fasziniert zu. Und doch weinte er jedesmal, nachdem wir Sex miteinandergehabt hatten. Ich schlug ihm vor, zur Beichte zu gehen. Das lehnte er ab – er wollte nur mir beichten. Nur ich könne ihn verstehen, meinte er.

Aber ich verstand ihn nicht. Jedenfalls nicht das, was er vorhatte.

In dieser Phase begannen seine Visionen. Er hatte zwar schon zuvor welche gehabt, doch hatten sie mich nicht beunruhigt, jedenfalls zu Anfang nicht. Eine Vision hatte ihm auch die mechanische Anordnung seiner Transformationstechnik vermittelt, lange vor unserer ersten Begegnung. Aber nun wurden seine Visionen eigentümlich. Er machte sich daran, Modelle zu bauen. Und erst siebenhundert Jahre später erkannte ich, daß es sich dabei um DNS-Modelle handelte, um menschliche DNS, um die von Vampiren und um die noch einer anderen Form. Tatsache ist jedoch, daß Arturo einen schärferen Blick hatte als ich, wenn es darum ging, unsere Versuchskaninchen zu beobachten, die sich unter dem Einfluß meines Blutes auf dem Boden krümmten. Er begriff das spezielle Molekül, dessen Code den Körper definierte. Eine Vision führte ihm dieses Molekül vor Augen, und er beobachtete, wie es sich unter den Magneten und Kristallen, unter dem Kupfer und Blut veränderte. Er erkannte die Doppelspirale der normalen DNS. Er erkannte die zwölf geraden Stränge meiner DNS. Und er erkannte, wie die beiden miteinander verbunden werden konnten.

»Was wir brauchen, sind zwölf Spiralenstränge«, vertraute er mir an. »Dann haben wir unser perfektes Wesen.«

»Aber je mehr Leute, mit denen du Experimente machst, desto mehr Aufmerksamkeit weckst du doch auch«, protestierte ich. »Deine Kirche wird kein Verständnis dafür haben. Sie bringen dich dafür um.«

Grimmig nickte er. »Ja, ja, ich weiß schon. Ich kann aber auch nicht ständig mit abnormen Personen arbeiten. Um einen wirklichen Sprung hin zum perfekten Wesen zu machen, muß ich mit einem ganz normalen Menschen arbeiten.«

Ich spürte, was er vorhatte. »Du darfst nicht an dir selbst herumexperimentieren.«

Er wandte sich ab. »Wie wäre es mit Ralph?«

»Bitte nicht!« bat ich. »Wir lieben ihn doch so, wie er ist. Wir sollten ihn nicht verändern.«

Er hielt den Blick auf die Wand gerichtet. »Du hast ihn doch schon verändert, Sita.«

»Das war etwas anderes. Ich wußte doch, was ich tat. Ich hatte Erfahrung in dem Bereich. Ich heilte seine Wunden. Ich veränderte seinen Körper, aber nicht seine Seele.«

Er drehte sich mir zu. »Begreifst du denn nicht, daß ich ihm diese Chance geben will, gerade weil ich ihn so liebe wie dich? Wenn wir ihn von innen heraus verändern, sein Blut transformieren können, dann wird aus ihm ein Kind Christi.«

»Christus kannte keine Vampire«, warnte ich. »Diese beiden solltest du nicht in einen Topf werfen. Das ist Gotteslästerung – selbst für meinen Geschmack.«

Erregt fuhr er fort:«Woher willst du denn wissen, daß er keine kannte? Du bist ihm doch nie begegnet!«

Jetzt wurde ich wütend. »Red doch nicht wie ein Narr. Wenn du jemanden brauchst für deine Experimente, dann nimm mich. Das hast du doch auch versprochen, als wir die ganze Sache begonnen haben.«

Er schüttelte den Kopf. »Ich kann dich nicht verändern. Nicht jetzt.« Plötzlich begriff ich. Meine Träume zerplatzten. Ich hatte mir vorgestellt, ein Töchterlein auf dem Arm zu haben, das nie geboren worden war – und das nun wohl auch niemals geboren werden würde.

»Vor allem brauchst du doch mein Blut«, gab ich zurück. »Das reine Vampirblut«. Tatsächlich mußte er das Kristallfläschchen damit ständig wiederauffüllen, zwar nicht vor jedem Experiment, aber doch häufig. Altes Blut wirkte nicht – es war tot. Ich fuhr fort: »Und was, wenn dein Experiment funktioniert und du ein perfektes Wesen schaffst? Ich kann doch nicht so viel Blut geben, um jeden hier auf dem Planeten zu verändern.«

Er zuckte nur mit den Schultern. »Vielleicht können ja die, die verändert wurden, zu neuen Spendern werden.«

»Das ist aber ein großes *Vielleicht*. Außerdem kenne ich doch die Menschen. Das wird doch sicher ein Nur-für-Mitglieder-Verein. Ganz egal, wie lauter deine Absichten jetzt im Moment auch sein mögen.« Ich wandte mich ab und kicherte böse vor mich hin. »Wer wird denn eine Chance bekommen, zum perfekten Wesen aufzusteigen? Der Adel? Der Klerus? Die korruptesten von allen werden doch die sein, die das am meisten für sich beanspruchen. Das ist die älteste Lektion der Welt. Das ändert sich nie.«

Arturo schloß mich in die Arme. »So wird es nicht kommen, Sita. Gott hat dieser Arbeit seinen Segen erteilt. Aus ihr kann nur Gutes entspringen.«

»Niemand weiß, wofür Gott seinen Segen erteilt hat«, flüsterte ich. »Und was er verflucht hat.«

Einige Tage vergingen. Arturo und ich sprachen kaum miteinander. Er blieb lange auf und schuf Modelle, die niemand zuvor gesehen hatte, und er hatte Angst davor, mit mir zu reden oder mich zu berühren. Erst jetzt wurde mir klar, daß er mich gleichermaßen als Geschenk wie auch als Herausforderung Gottes betrachtete. Ich brachte ihm Zauberblut *und* Zaubersex. Er war überzeugt davon, entweder nur das eine oder eben nur das andere in Anspruch nehmen zu dürfen. Seine Intuition, die ihn vor Fehlern bewahrte, verlor er wohl, weil er glaubte, ihrer nicht mehr würdig zu sein. Er betete nicht mehr zu Gott und murmelte statt dessen nur noch etwas vom Blute Jesu Christi vor sich hin. Er wurde besessener vom Blut, als ich es war, und ich hatte es immerhin doch alle paar Tage zum Abendessen.

Eines Abends konnte ich Ralph nirgendwo finden. Arturo sagte, er habe keine Ahnung, wo der Junge stecke. Er log zwar nicht, sagte aber auch nicht die ganze Wahrheit. Ich bedrängte ihn nicht. Wahrscheinlich wollte ich die Wahrheit gar nicht wissen. Hätte ich darauf beharrt, daß er mir Rede und Antwort stand, hätte ich das Grauen vielleicht beenden können, bevor es außer Kontrolle geriet.

Das Schreien begann mitten in der Nacht.

Ich war gerade unterwegs auf einem Spaziergang. Zu meinen Gewohnheiten gehörte es, spätabends verkleidet auszugehen, einen Obdachlosen aufzustöbern, mir ein paar gute Schlucke Blut zu genehmigen, dem edlen Spender ein paar Worte ins Ohr zu hauchen und ihn dann wieder schlafen zu lassen. Von bösartigen Priestern einmal abgesehen, brachte ich zu jener Zeit nicht allzuviele Menschen um. Die Schreie, die in dieser Nacht an mein Ohr drangen, gingen mir durch Mark und Bein. So schnell ich konnte, rannte ich auf die Geräusche zu.

Ich stieß auf fünf Leichen, grauenhaft zugerichtet, mit abgerissenen Gliedmaßen. Nur ein Wesen mit übernatürlichen Kräften konnte so etwas angerichtet haben. Die einzige, die noch am Leben war, war eine Frau, deren einer Arm neben ihr lag. Ich legte ihren Kopf auf meinen Schoß.

»Was ist geschehen?« wollte ich wissen. »Wer hat das getan?«

»Der Dämon!« flüsterte sie nur.

»Wie sah dieser Dämon aus?« hakte ich nach.

Sie mußte würgen. »Wie ein hungriger Engel. Das Blut. . .« Ihre Augen streiften den abgetrennten Arm und sie brach in Tränen aus. »Mein Blut.«

Ich schüttelte sie. »Wie hat der Dämon ausgesehen?«

Ihre Augen brachen. »Ein Kind«, flüsterte sie mit letzter Kraft und starb in meinen Armen.

Der Kummer fraß mich auf. Ich wußte, wer dieses Kind war.

Weit entfernt, von der anderen Seite der Stadt her, hörte ich wieder Schreie.

Sofort stürmte ich darauf los, doch ich kam erneut zu spät. Wieder zerfetzte Leichen, und dieses Mal mit Zeugen. Ein wütender Mob kam zusammen, mit lodernden Fackeln in der Hand. Sie hatten das Dämonenkind gesehen.

»Es rannte auf den Wald zu!« schrien sie.

»Wir müssen es aufhalten!« riefen andere.

»Wartet!« schaltete ich mich ein. »Denkt daran, wie viele es schon umgebracht hat. Wir können nicht so einfach hinterher.«

»Es hat meinen Bruder getötet!« brüllte ein Mann und zog ein Messer. »Ich werde es mit eigenen Händen umbringen.«

Der Mob folgte dem Mann. Es blieb mir nichts anderes übrig, als mitzumarschieren. Während wir uns durch die dunklen Gassen schlängelten, stießen wir auf immer mehr Leichen. Einigen war der Kopf abgerissen worden. Was muß der Mob glauben? überlegte ich.

Als wir die Bäume am Stadtrand erreichten, machte ich mich aus der lärmenden Menge davon und suchte das Monster auf eigene Faust. Ich konnte es schon hören, wie es drei Kilometer vor mir mit wahnsinnigem Gelächter einem Tier den Kopf abriß. Es war schnell und stark, aber ein reiner Vampir, kein Zwitterwesen. Mit mir würde es sich jedenfalls nicht messen können.

Ich stieß auf das Wesen, gerade als es sich von Baum zu Baum schlich, um den Mob anzugreifen.

»Ralph«, flüsterte ich, als ich von hinten auf ihn zukam.

Er wirbelte herum. Sein Gesicht war blutverschmiert, und in den Augen flackerte ein wildes Licht. Vielleicht sollte ich lieber sagen: überhaupt kein Licht. Seine Augen waren die einer Schlange. Eine Schlange auf der Pirsch, auf der Jagd nach den Eiern anderer Reptilien. Doch er erkannte mich und zeigte eine leise Zuneigung. Andernfalls hätte ich ihn auf der Stelle getötet. Ich machte mir keine Illusionen, daß er wieder in das zurückverwandelt werden könnte, was er einmal gewesen war. Das sagte mir meine Intuition. Manche Dinge weiß ich eben. Gewöhnlich die bittersten.

»Sita«, zischte er. »Bist du hungrig? Ich bin hungrig.«

Ich trat näher an ihn heran. Ich wollte nicht, daß der herannahende Mob auf uns aufmerksam wurde. Ralph hatte ein Blutspur hinter sich gelassen. Es tropfte nur so von ihm herab; in solchen Mengen, daß selbst mir dabei schlecht wurde. Mir brach es das Herz, als ich ihm gegenüberstand.

»Ralph«, sagte ich leise und wußte doch, daß alles Reden vergeblich sein würde. »Ich muß dich zurück zu Arturo bringen. Du brauchst Hilfe.«

Nackte Panik entstellte seine blutüberströmten Züge. Die Transformation schien bei ihm nicht gerade angenehm verlaufen zu sein. «Ich gehe nicht dorthin zurück«, rief er. »Er hat mich hungrig gemacht!« Ralph hielt inne und starrte auf seine klebrigen Hände. Etwas Menschliches war noch immer in ihm. Das Leid schnürte ihm die Kehle zu. »Er hat mich dazu gebracht.«

»Oh, Ralph.« Ich nahm ihn in die Arme. »Es tut mir so leid. So etwas hätte niemals geschehen dürfen.«

»Sita«, flüsterte er nur und schmiegte sich an mich. Ich konnte ihn einfach nicht töten. Nicht um alles in der Welt. Doch kaum, daß ich mir dieses Versprechen abgab, bog ich mich vor Schmerzen und konnte gerade noch einen Schrei unterdrücken. Er hatte mich gebissen! Im Nu war sein Leid verschwunden. Von Entsetzen gepackt sah ich zu, wie er mit einem wahnwitzigen Grinsen ein Stück aus meinem Arm herunterschluckte. »Ich mag dich, Sita«, sagte er. »Du schmeckst gut!«

»Willst du noch mehr?« fragte ich und bot ihm mit Tränen in den Augen auch den anderen Arm an. »Du kannst alles haben, was du willst. Komm, Ralph. Ich mag dich auch.«

»Sita«, sagte er gierig, während er meinen Arm näher zu sich zog und sich daran machte, noch einmal zuzubeißen. In diesem Moment schleuderte ich ihn herum und packte ihm von hinten an den Schädel. Mit aller Kraft, die ich aufbringen konnte, und schnell genug, bevor mich das Leid überwältigte, zog ich ihm den Kopf zurück und drehte ihn zur Seite. Ich brach ihm das Genick. Sein kleiner Körper erschlaffte in meinen Armen – Schmerz hatte er gewiß keinen mehr verspürt.

»Mein Ralph«, flüsterte ich und strich über seine schönen, glatten Haare.

Ich hätte mit seiner Leiche sofort von dort verschwinden und sie irgendwo in den Bergen vergraben müssen. Aber diese Hinrichtung war selbst für ein Monster wie mich einfach zu viel.

Alles Leben wich aus mir, und ich war drauf und dran, in Ohnmacht zu fallen. Als der Mob auf mich stieß, drückte ich den toten Ralph an mich und weinte wie eine ganz normale Sterbliche. Meine Tochter von früher, mein kleines Söhnchen – Gott hatte sie mir beide geraubt.

Der Mob kreiste mich ein.

Sie wollten wissen, wie ich das Dämonenkind hatte aufhalten können.

Einige aus der Menge kannten mich.

»Du kümmerst dich doch um diesen Jungen!« schrien sie. »Wir haben dich und den Priester mit ihm gesehen!«

Ich hätte sie allesamt töten können, alle fünfzig. Aber es

hatte schon zu viele Tote gegeben in dieser Nacht. Ich ließ mich von ihnen zurück in die Stadt schleifen. Ihre flackernden Lichter brannten mir in den Augen. Sie warfen mich in ein Verlies in der Nähe der Stadtmitte, dort, wo die Hinrichtungen stattfanden, und höhnten, sie würden schon herausbekommen, wie dieses Scheusal hatte erschaffen werden können. Noch vor Sonnenaufgang würden sie an Arturos Türe hämmern, sich den Weg bahnen in seine unterirdische Geheimkammer und die nötigen Beweise sammeln, um sie den gefürchteten Inquisitoren vorzulegen. Es würde eine Gerichtsverhandlung und einen Richter geben. Das einzige Problem bestand darin, daß es nur eine denkbare Strafe gab.

Aber ich war eben Sita, ein Vampir mit unvergleichlicher Macht. Selbst die kalte Hand der Kirche konnte sich mir nicht um die Kehle legen, wenn ich es nicht zuließ. Aber Arturo? Zwar liebte ich ihn, doch vertrauen konnte ich ihm nicht. Wenn er am Leben blieb, würde er mit seinen Experimenten fortfahren. Das war unausweichlich, denn schließlich war er ja überzeugt davon, daß dies seine Bestimmung war. Er besaß noch genug von meinem Blut, um einen neuen Ralph zu erschaffen oder etwas noch Schlimmeres.

Wenig später warfen sie ihn in eine Zelle mir gegenüber. Ich bat ihn, mit mir zu sprechen, doch er lehnte ab. In einer Ecke zusammengekauert, starrte er immer nur die Wand an; sein Blick war leer, und er ließ sich nichts davon anmerken, was ihm gerade durch den Kopf ging. Sein Gott erschien nicht, um ihn zu retten. Das war mir vorbehalten.

Schließlich sagte ich gegen ihn aus.

Der Inquisitor ließ mich wissen, daß dies der einzige Weg für mich war, mit dem Leben davonzukommen. Selbst als sie mich mitten im Gerichtssaal anketteten und von Soldaten bewachen ließen, hätte ich mich befreien und sie allesamt vernichten können. Ganz schön verlockend für mich, mir den bösartig dreinschauenden Priester vorzunehmen und ihm die Kehle aufzuschlitzen, ihm, der die Untersuchungen durchführte wie ein hungriger Hund, der auf einem Schlachtfeld nach frischem Fleisch stöbert. Doch einen konnte ich nicht umbringen: Arturo. Aber ich konnte ihn auch nicht leben und seine Suche nach dem heiligen Blut Jesu Christi weiter betreiben lassen. Jesus war zwölf Jahrhunderte zuvor gestorben, und die Suche würde niemals enden. Es war paradox – die einzige Lösung war qualvoll. Ich konnte Arturo nicht aufhalten, also mußte ich dafür sorgen, daß ihn die anderen aufhielten.

«Jawohl«, schwor ich auf die Heilige Schrift. »Er hat das Scheusal geschaffen. Ich sah es mit eigenen Augen. Er veränderte diesen Jungen. Dann wollte er mich mit seiner Magie verführen. Vater, er ist ein Hexer, das ist unbestreitbar. Gott strafe mich, wenn ich die Unwahrheit spreche!«

Der alte Mönch aus dem Kloster sagte ebenfalls gegen Arturo aus, allerdings mußte der Inquisitor ihm die Worte erst auf der *strappado* herausziehen. Es brach dem Mönch das Herz, Arturo zu verurteilen. Doch er stand nicht alleine mit seiner Schuld. Arturo gestand gar nichts, ganz gleich, wie sehr sie ihn folterten. Zu stolz war er, zu edel waren in seinen Augen seine Beweggründe. Nach der Verhandlung gab es kein Gespräch und keine Begegnung mehr. An seiner Hinrichtung nahm ich nicht teil. Man sagte mir, sie hätten ihn auf den Scheiterhaufen geworfen.

Wie alle Hexen und Hexer.

9.
KAPITEL

Ich sitze am Kartentisch und bin dabei, mit Bluff einen texanischen Geldsack zum Passen zu bringen. Das Spiel dauert schon eine ganze Weile. Auf dem Tisch liegen einhunderttausend Dollar in bar und in Chips. Sein Blatt ist besser als meins. Yakshas Gedankenlese-Geschenk an mich hat sich immer stärker bei mir entwickelt: Ich sehe die Karten meines Gegenübers vor mir, als ob ich sie selbst in den Händen hielte. Er hat drei Asse und zwei Buben auf der Hand, einen Full House. Ich habe drei Sechsen – die Lieblingszahlen des Teufels. Das Gewinnblatt hat er.

Der Texaner trägt Cowboystiefel und einen übergroßen Hut. Der Qualm seiner dicken schwarzen Zigarre stört mich nicht. Er pafft eine stinkende Wolke zu mir herüber, um mich aus der Fassung zu bringen. Dafür habe ich nur ein Lächeln übrig. Ich ziehe mit seinem Einsatz gleich und erhöhe dann um weitere fünfzigtausend. Wir sind hier in einem luxuriös ausgestattenen Spielzimmer des Casinos, wo die Geldsäcke unter sich sind, und haben Spaß an einem rein privaten Spielchen. Drei weitere Männer sitzen mit uns am Tisch, haben aber schon lange gepaßt. Sie kennen einander alle und beobachten genau, was jetzt hier vor sich geht. Dem Texaner wird es nicht gefallen, vor den anderen brüskiert zu werden.

«So wie du hier setzt, Täubchen«, sagt er, »mußt du einen Royal Flush auf den Fingern haben.« Er beugt sich zu mir vor. »Oder 'nen süßen Papa zu Hause, der alles blecht.«

»Ja, ja... Täubchen...süß«, sinniere ich laut vor mich hin. »Das bin ich wohl.« Mein Ton wird härter. »Aber bezahlen tu' ich für mich selbst.«

Lachend klopft er sich auf den Schenkel. »Willst du mich hier reinlegen oder was?«

»Kann sein. Legen Sie Ihren Einsatz auf den Tisch, dann werden Sie's schon rauskriegen.«

Einen Moment zögert er, schaut auf den Spieleinsatz. »Die Sache hier wird ein klein bißchen ernst. Was treibst du denn so, Kindchen, daß du so viel Kohle hast? Dein Papa muß sie dir gegeben haben, oder nicht?«

Er will rausfinden, wie wichtig das Geld für mich ist.

Wenn es mir viel bedeutet, setze ich nur dann so irre viel ein, wenn mein Blatt unschlagbar ist. Jetzt beuge ich mich zu ihm vor und blicke ihm fest in die Augen. Nicht so fest, um seine Synapsen zu verglühen, aber doch fest genug, um ihn durcheinanderzubringen. Ich mag es nicht, wenn jemand ›Kindchen‹ zu mir sagt. Immerhin bin ich fünftausend Jahre alt.

»Ich habe jeden Pfennig selbst verdient«, erkläre ich ihm. »Auf die anstrengende Tour. Und wo haben Sie Ihr Geld her, Opachen?«

Rasch setzt er sich zurück in den Stuhl, verwirrt von dem ungewohnten Ton und meinem Laserblick. »Durch ehrliche Arbeit«, sagt er. Und lügt dabei.

Auch ich gleite wieder zurück in den Stuhl. »Dann verlieren Sie's auch ehrlich. Einsatz oder passen. Mir egal. Hauptsache, Sie hören auf, hier nur drumrum zu reden.«

Er läuft rot an. »Ich rede nicht drumrum.«

Meine Miene bleibt eiskalt. Ich zucke mit den Schultern. »Wie immer Sie das nennen, Opachen.«

»Ach, leck mich doch!« flucht er und wirft die Karten hin. »Ich passe.«

Ich strecke die Hände aus und streiche das Geld zusammen. Alle starren mich an. »Ach ja«, sage ich. »Bestimmt wollt Ihr wissen, was für ein Blatt ich denn nun wirklich auf der Hand hatte. Aber dafür seid Ihr doch zu sehr Profis, oder nicht?« Ich stehe auf und stopfe mir Geld und Chips in die Handtasche. »Das war's dann wohl für heute abend.«

»Augenblick noch«, sagt der Texaner und richtet sich ebenfalls auf. »Ich will die Karten sehen.«

»Ach, tatsächlich? Und ich hätte schwören können, Sie müssen bezahlen, wenn Sie sie sehen wollen. Gibt's hier für Texaner Extraregeln, oder wie?«

»Wenn's um fünfzig Riesen von mir geht, dann schon, Miststück. Zeig her jetzt!«

›Miststück‹ gefällt mir noch viel weniger als ›Kindchen‹.

»Also schön«, sage ich und blättere meine Karten hin. »Sie hätten gewonnen. Das ist das letzte Mal, daß ich ein Blatt zeige, ohne daß Sie dafür gezahlt haben. Geht's Ihnen jetzt besser? Sie haben sich Ihre runzlige Haut über die Ohren ziehen lassen,Opachen.«

Er hämmert die Faust auf den Tisch. »Wer bist du?«

Ich schüttele nur den Kopf. »Sie sind ein schlechter Verlierer, und ich habe schon zu viel Zeit mit Ihnen vergeudet.« Ich drehe mich um. Einer seiner Begleiter faßt mich am Arm. Ein Fehler.

»Warte mal, Schätzchen«, meint er. Die anderen kommen näher.

Ich lächele. »Ja, was denn?« Natürlich stehe ich hier unter dem Schutz des Casinos. Ich brauche bloß die Stimme anzuheben, und die Leute hier werden an die Luft gesetzt. Aber ich mag andere Leute nicht um Hilfe bitten, wo ich doch so schön für mich selbst sorgen kann. Heute abend wird mein Essen aus vier Gängen bestehen, stelle ich mir gerade vor. »Was kann ich für Sie tun?« frage ich.

Der Mann hält mich nach wie vor fest, gibt aber keine Antwort. Er blickt hinüber zum Texaner, der ganz offensichtlich der Boß von allen ist. Der Texaner hat seinLächeln zurückgewonnen.

»Wir würden bloß noch gern ein klein bißchen weiterspielen, Schätzchen«, meint er dann. »Das ist doch nur fair. Wir möchten eine Chance, das Geld zurückzugewinnen.«

Mein Lächeln wird breiter. »Und warum gebe ich Ihnen dann nicht schlicht und einfach das Geld zurück?«

Das Angebot bringt ihn aus der Fassung. Er zuckt mit den Schultern. «Wenn Sie wollen, nehme ich das gerne an.«

«Prima«, sage ich. »Treffen wir uns doch in zehn Minuten draußen am Ende des Parkplatzes. Wir fahren ein bißchen. Dann bekommen Sie Ihr ganzes Geld zurück.« Ich schaue die anderen an. »Meine einzige Bedingung ist die, daß Sie alle mitkommen.«

»Warum sollen wir denn überhaupt irgendwo hinfahren?« will der Texaner wissen. »Gib es doch sofort her.«

Ich mache mich von dem anderen Kerl frei. »Aber wer wird denn schon vor mir Angst haben, süßer Papa?« sage ich lieb und brav. Die Männer lachen. Klingt aber ein wenig unwohl. Der Texaner weist mit dem Finger auf mich.

»In zehn Minuten«, meint er. »Komm nicht zu spät.«

»Tu' ich nie«, erwidere ich.

Wie verabredet treffen wir uns draußen und fahren eine kurze Strecke aus der Stadt hinaus, jeder im eigenen Wagen. Dann führe ich sie abseits der Straße ein paar Kilometer in die Wüste hinein. In der Nähe eines sich flach hinziehenden Hügels halte ich an. Es ist elf Uhr abends, ein klarer und frischer Abend, der fast volle Mond steht leuchtend am Nachthimmel. Die Männer parken gleich neben mir und steigen aus. Sie haben Angst vor mir. Das kann ich riechen. Bis auf ihren Anführer sind sie bewaffnet. Die Ausbeulungen unter ihren Mänteln sind klar erkennbar. Wahrscheinlich vermuten sie, daß ich sie hier überfallen lassen will. Während sie auf mich zugehen, mustern sie das Gelände und sind überrascht, daß ich alleine bin. Besonders clever sind sie nicht. Zwei von ihnen haben die Hände in der Manteltasche vergraben, umklammern ihre Revolver. Der Texaner tritt an mich heran.

»Gib uns deine Tasche«, befiehlt Tex.

»In Ordnung.« Ich reiche sie ihm. Zu seiner großen Freude ist das Geld tatsächlich drin. Während er zählt, weiten sich seine Augen. Sicher hatte er eine Knarre in der Tasche erwartet. »Zufrieden?« frage ich.

Tex nickt einem seiner Gefährten zu. Ich werde gefilzt. Auf die grobe Tour.

»Sie ist sauber«, murmelt der Mann und zieht sich ein wenig zurück.

Tex stopft sich das Geld in die Tasche. »Ja, alles prima. Aber verstehen tu' ich's nicht. Warum hast du uns alle hier in die Wüste geführt?«

»Ich hab' Hunger«, sage ich nur.

Er grinst verschlagen. »Wir hätten dich gerne zum Abendessen eingeladen, Zuckerpüppchen. Können wir ja immer noch. Wonach steht dir denn der Sinn?«

»Auf Rippchen.«

Wieder klopft er sich auf den Schenkel. Muß eine schlechte Angewohnheit von ihm sein. »Scheiße noch mal! Das ist doch mein Lieblingsessen. Rippchen mit jeder Menge Ketchup drauf. Wir laden dich ein und bestellen dir gleich 'n paar.« Mit einem gekünstelten Zwinkern fügt er hinzu: »Danach können wir uns ja vielleicht noch ein wenig vergnügen.«

Ich schüttele den Kopf und trete einen Schritt näher an ihn heran. »Nein. Wir können gleich hier essen. Wir machen ein Picknick. Nur wir fünf hier.«

Er schaut zu meinem Auto. »Hast du denn was Leckeres dabei?«

»Nein. Ihr aber.«

Schon wird er wieder ungeduldig. »Wovon redest du denn?«

Ich werfe den Kopf zurück und lache. »Was sind Sie doch für ein Heuchler! Sie sind nur dann höflich, wenn es Ihnen nützlich erscheint. Jetzt, wo Sie mir mein Geld gestohlen haben, das ich ehrlich von Ihnen gewonnen habe, laden Sie mich zum Essen ein.«

Tex ist empört. »Wir haben das Geld nicht gestohlen. Du hast doch selbst angeboten, es zurückzugeben.«

»Nachdem Ihr mich unter Druck gesetzt habt. Wir wollen hier das Kind beim Namen nennen. Sie sind ein Gauner.«

»Niemand nennt mich ungestraft einen Gauner.«

»Ach nein? Und was wollen Sie mit mir machen? Mich umbringen, oder was?«

Er tritt auf mich zu und schlägt mir mit dem Handrücken ins Gesicht. »Miststück! Sei bloß froh, daß ich nicht so einer bin.«

Ich schaue ihn erstaunt an. »Ach, so einer sind Sie gar nicht?« frage ich leise. »Ich habe Sie durchschaut, Herr Geldsack. Sie haben sehr wohl schon jemanden umgebracht. Gut, daß wir uns heute abend hier in der Wüste gegenüberstehen. Wenn sie am Leben blieben, würden Sie doch nur wieder töten.«

Er will gehen. »Dann mal los, Jungs.«

»Momentchen«, sage ich. »Ich hab' da noch was.«

Er schaut über die Schulter. »Was denn?«

Ich mache einen Schritt auf ihn zu. »Ich muß Ihnen noch verraten, wer ich bin. Sie haben doch danach gefragt, erinnern Sie sich nicht mehr?«

Tex hat's eilig. »Also schön, und wer bist du? Vielleicht ein Hollywood-Sternchen?«

«Nah dran. Berühmt bin ich schon, jedenfalls in gewissen Kreisen. Vor ein paar Tagen war das ganze Sondereinsatzkommando von Los Angeles hinter mir her. Nichts davon in der Zeitung gelesen?«

Mißtrauen beschleicht ihn. Wieder schauen sich seine Leute in alle Richtungen um. «Du willst mir hier doch nicht erzählen, daß du was mit diesen arabischen Terroristen zu tun hast, oder?«

»Terroristen waren das nicht. Das haben die Bullen bloß erzählt, um nach außen hin den Schein zu wahren. In Wirklichkeit waren das bloß ich und mein Kumpel. Wir haben den ganzen Krawall angezettelt.«

Er schnaubt. »Klar. Du und dein Kumpel, ihr habt zwanzig Bullen umgenietet. Dann bist du sicher der Terminator, hä?«

»Beinah. Ich bin Vampir. Ich bin fünftausend Jahre alt.«

Er kichert. »Du bist durchgeknallt und verschwendest meine Zeit.« Erneut dreht er sich um. »Gute Nacht.«

Ich packe ihn am Mantelkragen und presse ihn dicht an mich. Seine Wange berührt meine. Er ist derart überrascht, daß er kaum reagiert. Seine Leute jedoch sind besser trainiert. Sofort richten sich drei Revolver auf mich. Rasch benutze ich Tex als lebendes Schutzschild. Mein Griff verstärkt sich und schnürt ihm den Atem ab. Er röchelt.

«Ich will großzügig sein heute abend«, sage ich den anderen seelenruhig. »Ich gebe euch die Chance, abzuhauen. Normalerweise würde ich im Traum nicht daran denken. Aber meine Tarnung ist sowieso im Eimer, und ich bin nicht mehr so pingelig damit, jede kleine Spur zu vernichten.« Ich lege eine kleine Pause ein und blicke jeden einzelnen fest an. Dabei jage ich ihnen einen Schauer bis ins Mark. »Ich schlage vor, ihr geht jetzt zu euren Wagen und macht, daß ihr wegkommt – weg von Las Vegas. Wenn nicht, müßt ihr sterben. So einfach ist das.«

Ich würge Tex ein bißchen, und er stöhnt auf vor Schmerzen. Spöttisch füge ich hinzu: »Für ein Zuckerpüppchen bin ich ziemlich stark, wie ihr seht.«

»Knallt sie ab!« keucht Tex, als ich ihn zwischendurch Atem holen lasse.

»Keine gute Idee«, meine ich. »Um mich abzuknallen, müssen sie erst dich abknallen, weil du nämlich dummerweise im Weg stehst. Echt, Tex, du solltest dein Gehirn einschalten, bevor du den Mund aufmachst.« Ich schaue die anderen an. »Wenn ihr nicht von hier verschwindet, seid ihr auch Teil meines Abendessens. Ich bin nämlich wirklich ein Vampir, und Rippchen mag ich in allen Formen und Varianten.« Mit nur einer Hand hebe ich Tex einen halben Meter hoch in die Luft. »Möchtet ihr gerne mit ansehen, was ich mit ihm anstelle? Dabei wird euch kotzübel werden, dafür garantiere ich.«

»Mein Gott«, flüstert einer der Männer und flieht. Um sein Auto kümmert er sich erst gar nicht. Er rennt einfach nur weg, Hauptsache weg von mir. Ein zweiter ist ebenfalls im Begriff, sich zu verdünnisieren. Aber der dritte, der Mann, der mich im Casino festgehalten hatte und mich gerade gefilzt hat, schnauzt ihm hinterher.

»Sie ist doch kein Vampir, Mann!« ruft er. »Sie ist einfach bloß durchgeknallt.«

»So ist es«, pflichte ich ihm bei. »Ich nehme Aufbaupräparate. Ihr wißt schon: Hormone und so.« Ich blicke den an, der sich gerade davonmachen will. »Hau ab, solange du noch kannst. Du wirst keinen der beiden hier lebend wiedersehen. Glaub mir, du hörst die Schreie noch bis tief in die Wüste.«

Was ich sage, klingt für ihn überzeugend. Er nimmt die Beine in die Hand und folgt seinem Kumpel. Jetzt sind wir nur noch zu dritt. Wie gemütlich! Ehrlich gesagt war ich ohnehin nicht sehr heiß darauf, den Kugeln von drei Revolvern auszuweichen. Ich lockere den Griff auf Tex ein wenig und lasse ihn seine letzten Worte sprechen:

»Knall sie ab«, röchelt er seinem Kumpel zu.

»Versuch's doch mal und schau, was passiert«, bemerke ich.

Der gemietete Mann ist unsicher. Sein Revolver schwankt. »Ich krieg' sie nicht richtig ins Schußfeld.«

Tex will sich an mich wenden. »Wir können ein Geschäft machen. Ich hab' Geld.«

Ich schüttele den Kopf. »Zu spät. Um Geld geht's mir jetzt nicht mehr. Jetzt geht's mir nur noch um dein Blut.«

Tex merkt, daß es mir ernst ist. Mein Blick und meine Stimme werden teuflisch gemein, wenn ich in der entsprechenden Stimmung bin, und im Moment stehe ich regelrecht vor dem Verhungern. Tex wird kreidebleich. Schön passend zum Mondlicht.

»Du kannst mich doch nicht einfach so umbringen!« schreit er.

Ich lache. »O doch. Es ist so schrecklich einfach, dich umzubringen. Möchtest du eine kleine Demonstration?«

Er zittert. »Nein!«

»Ich gebe dir trotzdem eine.« Ich wende mich an seinen Gefährten, dem mittlerweile Schweißperlen auf der Stirn stehen.

»Wie heißt du?«

»Fahr zur Hölle!« flucht er und geht um uns herum, um in gute Schußposition zu kommen.

»Das kann doch nicht dein Name sein«, versetze ich. «So hätte dich deine Mutter nie genannt. Macht aber nichts. In einer Minute wirst du sowieso ein Nichts sein. Möchtest du noch etwas sagen, bevor ich dich umbringe?«

Wütend bringt er hervor: »Wem sagen?«

Ich zucke mit den Schultern. »Weiß nicht. Gott vielleicht. Glaubst du an Gott?«

Ich bringe ihn total auf die Palme. »Du perverses Miststück.«

Ich nicke ernst. »Pervers bin ich wirklich.« Das ganze Gewicht meines Blickes richtet sich auf seine Augen. Er sieht jetzt nur noch meine abgrundtiefen Pupillen, die für ihn zu riesigen schwarzen Löchern anwachsen. Ganz langsam und sehr leise spreche ich ihn an:»Und jetzt, guter Mann, nimmst du den Revolver und steckst ihn dir in den Mund.«

Einen Moment lang verharrt er regungslos.

Dann macht er wie in Trance den Mund auf und schiebt sich den Revolver zwischen die Lippen.

»Nicht, Chuck!« schreit Tex. »Hör nicht auf sie! Sie will dich hypnotisieren!«

»Und jetzt möchte ich, daß du den Abzug drückst«, fahre ich mit der gleichen durchdringenden Stimme fort. »Ich will, daß du Druck auf den Abzug ausübst. Nicht genug, um die Kugel abzufeuern, aber doch fast genug. Na siehst du, prima, hast du gut gemacht. Du stehst einen Millimeter vom Tod entfernt.« Ich mache eine Pause und schwäche die Wirkung meines Blicks ab. Meine Stimme wird wieder normal. »Wie geht's dir jetzt?«

Der Mann kneift kurz die Augen zusammen und bekommt erst in diesem Augenblick mit, daß er den Revolverlauf im Mund hält. Fast erleidet er einen Herzanfall. Er ist derart erschrocken, daß er die Waffe einfach fallen läßt. »Mein Gott!« ruft er aus.

»Na bitte,« sage ich. »Du glaubst ja doch an Gott. Und weil ich das auch tue und immer nur Blut von einem Menschen trinken kann, will ich dich für heute mal davonkommen lassen. Husch, husch, deinen Kumpels in die Wüste hinterher, bevor ich mir's noch anders überlege.«

Der Mann nickt. »Alles klar.« Weg ist er.

»Chuck!« schreit Tex. »Komm zurück!«

»Zurück kommt der nicht mehr«, erkläre ich Tex mit ernstem Gesicht. »So eine Loyalität kannst du nicht einfach kaufen. Mich jedenfalls kannst du ganz sicher nicht kaufen.« Ich halte inne. »Jetzt hast du aber doch begriffen, was ich mit Abendessen meine, oder?«

Er weint wie ein Kind. »Bitte, bitte! Ich will nicht sterben!«

Ich ziehe ihn näher an mich heran und hauche ihm meinen Lieblingsspruch in die Ohren.

»Dann hättest du nie geboren werden dürfen«, sage ich.

Mit herzhaftem Appetit mache ich mich an mein Mahl.

Nachdem ich meinen Durst gestillt und den Texaner weit von seinem Auto entfernt begraben habe, unternehme ich noch einen Spaziergang in die Wüste. Ich bin zwar nicht mehr durstig, doch gehen mir eine Menge Gedanken durch den Kopf. In ein paar Stunden ist Andy fertig mit der Arbeit. Ich muß einen Plan schmieden, wie ich ihn dazu bringen kann, mich bei meinem Vorhaben zu unterstützen. Doch ich kann mich nicht richtig konzentrieren. Ständig habe ich das Gefühl, daß mir etwas ganz Wichtiges bei der Sache entgeht. Ich lasse den vergangenen Tag noch einmal vor meinem inneren Auge vorbeilaufen, und mir ist klar, daß wirklich ein Mosaikstück im Puzzle fehlt. Irgendwo steckt es, dieses Stückchen, irgendwo jenseits meiner Vorstellung. Aber wo?

Arturos Geist verfolgt mich. Die Welt hat nie begriffen, was sie an ihm verloren hat. Welche Trauer sollte noch größer sein als meine? Wie hätte man ihn wohl in Erinnerung behalten, wenn es keine Inquisition gegeben hätte? Keine Sita und auch kein Zauberblut, das ihm seine Träume vergiftete. Vielleicht würde man ja heute seinen Namen in einem Zug mit dem von Leonardo da Vinci oder Einstein aussprechen. Es macht mich traurig, an die verpaßten Gelegenheiten zu denken. Arturo, der Alchemist, der Begründer einer geheimen Wissenschaft.

»Was hast du nur mit Ralph gemacht?« spreche ich laut vor mich hin. »Warum hast du es getan? Wieso wolltest du nicht mit mir sprechen, als wir beide im Kerker steckten?«

Aber sein Geist stellt auch mir Fragen.

Warum hast du es so eilig gehabt, Ralph zu töten?

»Das mußte ich«, anworte ich der Nacht.

Warum hast du mich verraten, Sita?

»Ich mußte«, sage ich erneut. »Du warst außer Kontrolle.«

Ich habe dich nie verraten, Sita. Dabei warst du doch die wahre Hexe.

Ein Seufzer dringt mir über die Lippen. »Ich weiß, Arturo. Und keine gute.«

Ich habe mich weit entfernt von meiner Ausgangsstelle. Vor mir erhebt sich ein Berghang, und ich steige auf den Gipfel hinauf. Dreißig Kilometer zur Linken liegt Las Vegas. Luxus und Verschwendung leuchten mir entgegen. Rechts über mir steht der nun fast volle Mond. Der Fußmarsch hat mich ins Schwitzen gebracht. Ich lege die Kleider ab und recke mich noch einmal der Mondgottheit entgegen. Dieses Mal spüre ich, wie die Strahlen in meinen Körper dringen und einen merkwürdig angenehmen Kälteschauer auslösen. Meine Atemzüge dehnen sich aus und werden tief. Mir ist, als nähmen meine Lungen die ganze Atmosphäre in sich auf, als sauge meine Haut den ganzen Nachthimmel auf. Das Herz hämmert mir in der Brust und schickt jetzt statt rotem Blut eine milchig-weiße Substanz auf die innere Umlaufbahn. Ohne hinsehen zu müssen, spüre ich, daß ich durchsichtig werde. Ich fühle mich außergewöhnlich leicht.

Als könnte ich fliegen.

Dieser Gedanke kommt aus einem mir unbekannten Ort. Er wirkt auf mich wie ein leises Raunen aus dem ewigen Abgrund. Vielleicht kehrt Yakshas Seele zu mir zurück, um mir eine letzte Lektion zu erteilen.

Meine Fußsohlen verlieren den Kontakt zum Berggipfel.

Aber ich bin nicht gesprungen. O nein.

Ich schwebe mehrere Meter über dem kühlen Sand.

10. KAPITEL

Zurück in meinem Zimmer rufe ich als erstes Seymour Dorsten an, meinen Freund und Autobiographen. Er ist der junge Mann, den ich mit ein paar Tropfen meines Blutes von AIDS geheilt habe. Seymour ist mein geistiger Zwilling. Er schreibt oft darüber, was ich erlebt habe, ohne daß ich ihm groß darüber berichten müßte. In letzter Zeit habe ich ihm eine Menge Material *übertragen*. Ich wecke ihn auf, doch kaum hört er meine Stimme, ist er hellwach.

»Ich wußte, daß du bald anrufen würdest«, meint er nur. »Warst du das in Los Angeles?«

»Joel und ich.«

Er braucht einen Moment, um die Tragweite meiner Worte zu begreifen. »Joel ist jetzt auch ein Vampir?«

»Ja. Eddie hat ihn total fertiggemacht. Er lag im Sterben. Ich konnte nicht anders.«

»Du hast dein Gelübde gebrochen.«

»Mußt du mich daran erinnern?«

»Tut mir leid.« Er hält inne. »Kann ich auch Vampir werden?«

»Zerbrich dir darüber nicht den Kopf. Laß mich dir lieber erzählen, was passiert ist.«

Anderthalb Stunden lang lauscht Seymour meinen Worten, während ich ihm haarklein darlege, was sich ereignet hat seit dem Zeitpunkt, als ich Yaksha befreite und den Kampf mit Eddie aufnahm. Ich erwähne auch Tex, der nun in seinem Wüstengrab schlummert, und mein Schweben im Mondlicht. Seymour läßt meine Ausführungen eine Weile auf sich wirken.

»Und?« frage ich ihn schließlich. »Hast du darüber auch schon was geschrieben?«

Er zögert. »Na ja. Ich habe eine Geschichte über dich geschrieben. Darin bist du ein Engel.«

»Etwa einer mit Flügeln?«

»Du bist hell leuchtend über einer zerstörten Landschaft geflogen.«

»Hört sich ja direkt nach Weltuntergang an«, bemerke ich.

Seymour bleibt ernst. »Wenn du Joel nicht aus den Händen dieser Leute herausholst, bedeutet das wirklich Weltuntergang. Meinst du, die haben außer Joel echt noch einen Vampir?«

»Ja. Andy hat ein Modell der Vampir-DNS. Das muß er schon fertig gehabt haben, bevor sie Joel zu ihm brachten.«

»Woher weißt du eigentlich, wie DNS von Vampiren aussieht?« Ich hatte Seymour nichts von Arturo erzählt. Diese Geschichte bereitet mir zuviel Schmerzen, und außerdem glaube ich nicht, daß sie zur Sache gehört.

»Glaub mir, ich kenn' mich aus damit«, erwidere ich. »Andys Modell ist genau. Wie dem auch sei, ob ich nun einen oder zwei dort rausholen muß: Das Problem bleibt gleich. Ich muß rein und dann zu dritt wieder raus.«

»Nach dem, was du erzählst, ist Andy dein größter Trumpf. Kannst du ihm nicht in die Augen starren und ihn dazu bringen, genau das zu tun, was du willst?«

»Der Schuß kann nach hinten losgehen. Wenn ich es übertreibe, geht sein Gehirn in Flammen auf, und die anderen kriegen mit, daß etwas mit ihm nicht stimmt. Wenn ich vorsichtig vorgehe, kann ich ihm aber in jedem Fall ein paar Suggestionen tief ins Gehirn pflanzen.«

»Geld zieht doch immer. Biete ihm ein paar Millionen an. Daß er seinen Chef so haßt, kommt doch auch nicht ungelegen.«

»Stimmt schon. Aber irgendwie habe ich das Gefühl, einen Teil von der Geschichte nicht mitzukriegen, Seymour. Kannst du mir da helfen?«

»Du weißt also nicht genau, was du meinst«, fragt er.

»Richtig. Ich kann es dir nicht erklären, aber irgend etwas ist faul an der Sache. Ich komme bloß einfach nicht drauf, was es ist.«

Seymour überlegt. »Ich sag' dir jetzt ein paar Sachen, die du nicht gerne hören wirst. Wenn du auf das Gelände kommst, kannst du nicht einfach direkt zu Joel gehen.«

»Wieso das denn nicht?«

»Weil du zuerst einmal zu diesem General mußt. Du mußt ihn in die Hand bekommen.«

»An ihn ranzukommen, dürfte noch schwieriger sein als an Joel.«

»Das glaube ich gar nicht mal. Joel steckt sicher in einem Käfig, aus dem selbst du nicht rauskommen würdest. Denn mittlerweile haben die doch geschnallt, wie stark ein Vampir ist.«

»Joel ist stark, klar. Aber imVergleich zu mir ist er ein Kind. Das wissen sie nicht.«

»Die wissen mehr, als du glaubst, Sita. Du hast dir wirklich noch kein vollständiges Bild von der Sache gemacht. Sie suchen sicher noch immer im Lake Mead nach deiner Leiche. Daß sie sie noch nicht haben, läßt den General vermuten, daß du noch immer am Leben bist. Und daß du überlebt hast, nachdem sie dich derart in die Mangel genommen haben, bedeutet für sie, daß sie dich ab sofort mit *extremer* Vorsicht behandeln.« Seymour unterbricht sich. »Der General weiß, daß du kommen wirst, um Joel zu holen.«

»Du bist derart überzeugt davon«, sage ich. »Ich bin es nicht.«

»Geh doch mal logisch an die Sache ran. Während deines Kampfes mit dem Sonderkommando in Los Angeles hättest du Joel ein paarmal zurücklassen können. Hast du aber nicht getan. Im Gegenteil: Du warst ihm gegenüber extrem loyal. Glaub mir, die haben längst ein psychologisches Portrait von dir entwickelt. Sie wissen, daß du kommst. Sie warten nur auf dich. Das ist einer der Gründe, warum du beim General ansetzen mußt. Bring ihn und sein Gehirn in deine Gewalt, und du hast das ganze Gelände in deiner Gewalt.«

»Seine Mitarbeiter werden mitbekommen, daß etwas mit ihm nicht stimmt.«

»Du brauchst ihn doch bloß für kurze Zeit unter Kontrolle zu halten. Außerdem hast du gar keine Wahl. Du brauchst ihn auch noch für etwas anderes als die Befreiung und die Flucht.«

»Für was denn?« frage ich, weiß aber schon, worauf er hinaus will.

»Proben von Vampirblut gibt es sicher überall auf dem Gelände. Bestimmt haben sie jede Menge Labors dort, und du kannst nicht einfach rumlatschen und die Blutproben einsammeln. Und vor allem eins: Die haben in ihren Computern sowieso alle Untersuchungsergebnisse abgespeichert. Schon allein deswegen muß das ganze Gelände vernichtet werden. Das ist die einzige Möglichkeit. Du mußt den General dazu bringen, einen nuklearen Sprengkopf zu zünden.«

»Einfach so? Alle Leute dort in die Luft jagen?«

»In Los Angeles hast du auch jede Menge Leute umgebracht.«

»Spaß hat mir das nicht gemacht, Seymour«, entgegne ich kühl.

Er verstummt für eine Weile. »Sorry, Sita. Das wollte ich damit ja auch gar nicht sagen. Und ich will hier ja auch gar nicht bloß auf cool und grausam machen. Das bin ich ja auch gar nicht. Ich bin bloß ein Pennäler. Und außerdem ein lausiger Schriftsteller.«

»Du bist viel zu intelligent, um in irgend etwas lausig zu sein. Mach doch weiter mit deiner Analyse, bitte. Wie kann ich Joel lebend da rauskriegen und dann alles in die Luft jagen?«

Er zögert.

»Beides geht vielleicht nicht.«

Ich nicke. »Tja, möglicherweise ist die Sache hier ein Selbstmordkommando. Hab' ich auch schon dran gedacht.« Traurig füge ich hinzu: »Wirst du mich vermissen?«

In seiner Stimme liegt Leidenschaft. »Und wie. Komm heute abend zu mir. Mach mich zu einem Vampir. Dann kann ich dir helfen.«

»Du bist nicht dafür geschaffen, ein Vampir zu werden.«

»Wieso denn nicht? Bin ich dir nicht sexy genug, oder was?«

»Quatsch, das ist hier nicht das Problem. Als Vampir wärst du bestimmt eine Sexmaschine. Ich finde bloß, du bist zu außergewöhnlich, als das du...« Meine Stimme bricht. Ich muß an Arturo denken. »Als daß du von meinem Blut verseucht werden solltest.«

»Sita? Was hast du denn auf einmal?«

Ich würge meinen Schmerz hinunter. »Gar nichts..., es ist bloß die Vergangenheit. Das ist das Problem, wenn du schon fünftausend Jahre lebst. Du hast einfach jede Menge Vergangenheit. Ganz schön schwer, in der Gegenwart zu leben, wenn du soviel Geschichten mit dir herumträgst.«

»Dein Blut hat mir immerhin das Leben gerettet«, sagt Seymour sanft.

»Wie geht es dir überhaupt? Sind die HIV-Tests noch immer negativ?«

»Ja, ja, mir geht's gut. Mach dir keine Sorgen um mich. Wann triffst du Andy wieder?«

»In ein paar Stunden, kurz vor Tagesanbruch. Wenn er dann abends wieder zur Arbeit geht, fahre ich als blinder Passagier bei ihm im Kofferraum mit.«

»Du brauchst seine Hilfe. Du kannst nicht das ganze Gelände nach Joel absuchen.«

»Andy wird mir schon helfen. So oder so.« Eine Weile sagen wir beide nichts. »Kannst du mir noch irgend etwas sagen, das mir vielleicht helfen könnte?«

»Na ja: Üb einfach ein bißchen diesen Schwebetrick. Könnte dir noch mal ganz gelegen kommen.«

»Ich weiß gar nicht, wie das zustande kommt.«

»Bestimmt doch dank Yakshas Blut. Er muß diese Fähigkeit über die Jahrhunderte entwickelt haben. Konnte er denn fliegen, als du ihm in Indien begegnet bist?«

»Gezeigt hat er mir es jedenfalls nie.«

»Ihr Vampire steckt eben voller Überraschungen.«

Ich seufze. »Du willst unbedingt so werden wie ich. Du bist neidisch auf meine übernatürlichen Kräfte. Du weißt ja gar nicht, wie neidisch ich auf dich bin.«

Das überrascht Seymour. »Was habe ich denn, das du gerne haben würdest?«

Ich muß an Lalita, meine Tochter, denken.

Aber in dieser Nacht der Nächte kann ich nicht über Kinder reden.

»Du bist menschlich«, anworte ich nur.

11. KAPITEL

Als Andy in meine Suite kommt, wirkt er gestreßt, aber auch aufgeregt. Kaum ist er drinnen, drücke ich ihm einen festen Kuß auf die Lippen. Er will mehr und versucht, mich an sich zu ziehen. Aber ich stoße ihn zurück.

»Später«, flüstere ich. »Der Abend ist doch noch lang.«

»Es ist fast schon Morgen«, verbessert er mich in Anlehnung an meinen eigenen Spruch von vergangener Nacht.

Ich wende mich ab. »Zuerst will ich spielen.«

Für einen wirklich heruntergekommenen Spieler – so viel weiß ich – sind Würfel noch besser als Sex.

»Also los, Lara«, sagt er dann auch prompt.

Wir gehen runter ins Casino. Weihnachten steht vor der Türe, aber es ist trotzdem brechend voll. Die Vorstellung von einer Atomexplosion draußen auf der Straße läßt mich nicht los. Natürlich wird so etwas nie geschehen. Selbst wenn wir einen Nuklearsprengkopf auf dem Gelände zünden, wird er Las Vegas nicht in Mitleidenschaft ziehen, von ein bißchen radioaktivem Niederschlag mal abgesehen, falls der Wind ungünstig steht. Bedeutet Seymours Vision, daß ich Erfolg habe oder daß ich scheitere?

Ein leuchtender Engel, der über die Erde fliegt?

Wir spielen Würfel, und ich bin dran. Ohne vorher noch einmal geübt zu haben, gewinne ich zehnmal in Folge, und der ganze Tisch feuert mich an. Andy setzt eine Menge ein, gewinnt viel und trinkt noch mehr. Er ist blau, noch bevor wir den Tisch verlassen. Ich schimpfe mit ihm.

»Wie kannst du eigentlich Wissenschaftler sein und dir ständig die Gehirnzellen abtöten?« will ich wissen. Er lacht nur und legt mir den Arm um die Schultern. »Liebhaber sein gefällt mir ja auch besser als Wissenschaftler sein.«

Wir gehen die Straße hinunter zum nächsten Casino, dem

Excalibur. Hier ist sogar noch mehr los. Diese Stadt schläft nie. Wir spielen Blackjack, Siebzehn und vier. Ich zähle die Karten und riskiere nur dann viel, wenn die Chancen für die Spieler gut stehen. Doch selbst perfektes Zählen bringt in diesem Spiel nur begrenzten Vorteil, und wir gewinnen nichts mehr. Andy zerrt mich wieder zum Würfeltisch. Das ist sein Lieblingsort. Als ich an der Reihe bin, werfe ich wieder sechs Gewinne in Folge. Es liegt jedoch gar nicht in meinem Interesse, daß Andy viel gewinnt und schuldenfrei wird. Als die Sonne langsam aufgeht, schleppe ich ihn zurück ins Mirage, in meine Suite. Kaum angekommen, fällt er der Länge nach erschöpft aufs Bett.

»Ich hasse das, was ich tue, « murmelt er in Richtung Zimmerdecke.

Zu blöd, daß ich seine Gedanken nicht lesen kann. Muß am Alkohol liegen. Ich setze mich neben ihn. »Schon wieder ein harter Arbeitstag?«

»Ich sollte nicht darüber reden.«

»Darfst du aber. Mach dir keine Sorgen, ich kann Geheimnisse für mich behalten.«

»Mein Chef ist verrückt.«

»Der General?«

»Ja. Er ist komplett durchgedreht.«

»Wie meinst du das? Was macht er denn?«

Andy richtet sich wieder auf und schaut mich mit blutunterlaufenen Augen an. »Weißt du noch, als ich dir erzählt habe, daß wir ganz nah an einer erstaunlichen Entdeckung dran sind?«

»Ja. Du hast gesagt, es sei eine der bedeutendsten Entdeckungen der Neuzeit.« Ein Lächeln gleitet über mein Gesicht. »Ich dachte, du wolltest bloß Eindruck bei mir schinden.«

Er schüttelt den Kopf. »Nein, nein. Übertrieben habe ich nicht. Wir spielen im Moment mit explosivem Genmaterial herum. Und das ist noch vorsichtig ausgedrückt. Der General hat angeordnet, daß wir es künstlich klonen. Hast du eine Vorstellung davon, was das bedeutet?«

Ich nicke. »Ihr wollt es vermehren – in einem Reagenzglas.«

»Ja. Das ist laienhaft ausgedrückt, aber im Prinzip schon korrekt.« Er starrt aus dem Fenster, auf das Glitzern und Funkeln der Straße. Als er wieder spricht, liegt Furcht in seiner Stimme. »Wir sind dabei, etwas zu vermehren, das, wenn es außer Kontrolle gerät, Einfluß auf die ganze Menschheit nehmen könnte.«

Es ist noch schlimmer, als ich dachte. Diese Farce hier muß nun ein Ende haben.

Das Stichwort hat er mir geliefert. Ich muß es nur noch aufgreifen.

»Andy?« flüstere ich.

Er blickt mich an. Ich nehme ihn ins Visier.

»Ja, Lara?« sagt er.

Ich hypnotisiere ihn nicht, noch nicht, lasse aber auch nicht zu, daß er sich wieder abwenden kann. Zwischen uns liegt ein enger Tunnel voll wirbelndem, blauem Nebel. Am anderen Ende steht er, an eine Mauer gekettet. Ich laufe auf ihn zu, Schatten im Rücken. Ich sorge dafür, daß er den Blick auf mich gerichtet hält, lasse das Bild vor seinen Augen aber leicht unscharf werden. Nachdem ich Yakshas Blut aufgenommen habe, kann ich Gedanken und Empfindungen eines anderen noch wesentlich leichter beeinflussen. Ich muß darauf achtgeben, sein Gehirn nicht zu zerstören.

»Ich heiße gar nicht Lara.«

Er will die Augen zusammenkneifen, was ihm jedoch nicht gelingt. »Wie heißt du denn?«

»Spielt keine Rolle. Ich bin jedenfalls nicht die, für die ich mich ausgebe.« Er schweigt. »Ich weiß, woran du arbeitest.«

Er zögert. »Woher willst du das denn wissen?«

»Ich kenne euren Gefangenen. Er ist ein Freund von mir.«

»Nein.«

»Doch. Ich habe dich angelogen letzte Nacht. Tut mir leid. Ich werde dich nicht noch einmal anlügen. Ich bin nach Las Vegas gekommen, um meinen Freund zu befreien.« Ich berühre sein Knie. »Aber nicht, um dir weh zu tun. Ich hatte keine Ahnung, daß du mir etwas bedeuten würdest.«

Er holt tief Luft. »Ich verstehe nicht, worauf du hinauswillst.«

Ich muß den Druck auf ihn ein wenig verringern. In seinem Gehirn muß es schon brodeln. Schweiß steht ihm auf der Stirn. Ich stehe auf, drehe mich um, gehe auf das Fenster zu und schaue hinab auf die Straße. Inmitten des fahlen Lichts der Dämmerung glitzern und funkeln die Weihnachtsbeleuchtungen.

»Und wie du verstehst,« antworte ich. »Ihr haltet Joel Drake bei euch gefangen. Er ist FBI-Agent, aber seit ihr ihn untersucht habt, wißt ihr, daß er noch viel mehr als das ist. Sein Blut unterscheidet sich von dem der meisten Menschen, und dieser Unterschied macht ihn sehr stark und sehr schnell. Deswegen sperrt ihr ihn in einer ganz speziellen Zelle ein. Dein General sagt dir, daß er gefährlich ist. Zugleich aber zwingt er euch, Tag und Nacht daran zu arbeiten, daß ihr das Blut von viel mehr Leuten so verändert, daß es dem des angeblich gefährlichen Gefangenen gleichkommt.« Einen Moment lang halte ich inne. »Ist es nicht genau so, Andy?«

Er läßt sich Zeit für seine Antwort. Nur zögernd spricht er schließlich.

»Woher weißt du das alles?«

Ich schaue ihn an. »Sagte ich dir doch: Ich bin seine Freundin. Ich bin hier, um ihn da rauszuholen. Dafür brauche ich deine Hilfe.«

Andy kann seinen Blick nicht von mir lassen. Er starrt mich an wie einen Geist.

»Sie sagten, da gäbe es noch einen, « murmelt er.

»Ja.«

»Bist du das?«

»Ja.«

Er zuckt zusammen. »Bist du so wie er?«

»Ja.«

Er hält sich die Hand an den Kopf. »Mein Gott.«

Wieder setze ich mich neben ihn aufs Bett.

»Wir sind nicht böse«, sage ich. »Ich kann mir vorstellen, was sie dir erzählt haben, aber es stimmt nicht. Wir kämpfen nur, wenn wir angegriffen werden. Die Männer und Frauen, die in Los Angeles umgekommen sind, als sie versuchten, uns zu verhaften – wir wollten ihnen doch gar nichts tun. Aber wir hatten keine Wahl, wir mußten uns verteidigen.«

Er hält den Kopf in den Händen vergraben. Er scheint den Tränen nah. »Aber du hast schon vor dieser Nacht viele Menschen umgebracht.«

»Das ist nicht wahr. Das war Eddie Fender, ein Scheusal. Er kam durch Zufall in Besitz unseres Blutes. Ich habe ihm das Handwerk gelegt, doch er ist ein perfektes Beispiel dafür, was passieren kann, wenn dieses Blut in die falschen Hände gelangt. Du hast es gerade selbst gesagt: Es könnte Einfluß auf die ganze Menschheit nehmen. Schlimmer noch: Es könnte die gesamte Menschheit vernichten. Ich bin hier, um das zu verhindern. Ich bin hier, um dir zu helfen.«

Er zeigt auf mich, hält aber sein Gesicht noch verborgen. »Also deshalb kannst du die Würfel derartig werfen?«

»Ja.«

»Was kannst du noch?«

Ich schüttele den Kopf. »Das spielt jetzt keine Rolle. Jetzt ist nur wichtig, daß nicht noch mehr Leute so werden wie ich und mein Freund.«

»Wie viele von euch gibt es denn noch?« will er wissen.

»Ich war überzeugt, daß nur noch wir zwei übriggeblieben sind. Aber mittlerweile vermute ich, daß ihr noch einen bei euch auf dem Gelände habt.« Für einen kurzen Moment legt sich Stille über das Zimmer. »Stimmt das?«

Er wendet sich ab.

»Ich kann dir dazu nichts sagen. Ich weiß, nicht, wer du bist.«

»O doch. Du kennst mich besser als sonst jemand. Du weißt, wie meine DNS aussieht.«

Er steht auf und geht ans andere Ende des Zimmers. Er stützt sich mit einer Hand an der Wand ab; sein Atem geht heftig. »Der Mann, von dem du da erzählst – Joel –, ist krank. Er hat Fieber und schwere Krämpfe. Wir wissen nicht, was wir mit ihm machen sollen.« Andy kämpft mit sich. Was ich ihm offenbart habe, ist zuviel für ihn. »Weißt du es?« fragt er.

»Ja. Habt ihr ihn aus der Sonne gehalten?«

»Ja. Er befindet sich in einer Zelle im Keller. Da scheint keine Sonne herein.« Einen Moment lang sagt er gar nichts. »Hat er denn eine Sonnenallergie?«

»Ja.«

Andy runzelt die Stirn. »Aber wie soll die Sonne ihn denn krank machen? Ich sagte doch, er kriegt sie überhaupt nicht zu Gesicht.«

»Es ist ja auch nicht die Sonne, die ihn krank macht. Ich wollte nur einen der möglichen Gründe ausschließen. Er ist krank, weil er hungrig ist.«

»Aber wir haben ihm doch zu essen gegeben. Das hat ihm auch nicht geholfen.«

»Ihr gebt ihm nicht das, was er braucht.«

»Und was ist das?«

»Blut.«

Andy kann es nicht fassen. »O nein« stöhnt er. »Ihr seid ja wie Vampire.«

Ich stehe auf und gehe bedächtig auf ihn zu. Ich will ihn nicht noch mehr in Schrecken versetzen, als ohnehin schon geschehen. »Wir *sind* Vampire, Andy. Joel ist es erst seit ein paar Tagen. Ich habe ihn zu einem gemacht, weil ich ihm das Leben retten wollte. Eddie hatte ihn lebensgefährlich verletzt. Glaub mir, ich marschiere nicht einfach durch die Gegend und mache Vampire. Das ist gegen mein ... Prinzip.«

Andy bemüht sich, einigermaßen Haltung zu bewahren. »Und wer hat dich zum Vampir gemacht?«

»Ein Vampir, der Yaksha hieß. Er war der allererste von uns.«

»Wann war das?«

»Vor langer, langer Zeit.«

»Wann?« will er genau wissen.

«Vor fünftausend Jahren.«

Daß ich ihm mein Alter verraten habe, macht die Sache für ihn auch nicht gerade leichter. Seine Kräfte verlassen ihn, und er gleitet zu Boden. Er kriecht regelrecht in sich hinein; als ich auf ihn zugehe, weicht er zurück. Auf halben Weg bleibe ich stehen.

»Was willst du von mir« murmelt er.

»Deine Hilfe. Ich muß auf euer Gelände und meinen Freund dort rausholen, bevor die Welt zerstört wird. So einfach ist das. So groß ist die Gefahr. Und du weißt ganz genau, daß ich nicht übertreibe. Unser Blut in den Händen eures Generals ist gefährlicher als Plutonium in den Händen von Terroristen.«

Andy bringt ein schwaches Nicken hervor. »Das kann ich mir vorstellen«

»Dann wirst du mir helfen?«

Meine Frage bringt ihn durcheinander. »Was? Aber wie kann ich das denn? Du bist doch ein Monster. Du bist doch die Quelle all dieser Gefahr.«

Ich lege Nachdruck in meine Stimme. »Ich bin schon seit Anbruch der Geschichte auf dieser Welt. In all dieser Zeit gab es nur Mythen und Gerüchte über meine Existenz und die der anderen, die so waren wie ich. Diese ganzen Mythen und Gerüchte gründeten nicht auf Tatsachen. Es waren bloß Erzählungen. In dieser Zeit ist ja auch keiner von uns mit dem Vorsatz losgezogen, die Menschheit zu vernichten.

Aber genau das tut gerade euer General, ob nun willentlich oder nicht. Hör auf mich, Andy! Er muß aufgehalten werden, und du mußt mir dabei helfen.«

»Nein!«

»Doch! Willst du denn wirklich, daß er Joels Blut klont? Willst du wirklich, daß dieses Material dann in eine Waffenfabrik im Herzen des Pentagon gebracht wird?«

Zorn erfaßt Andy. »Nein! Ich will das Blut vernichten! Du brauchst mir hier keine Vorträge zu halten. Ich weiß genau, was es anrichten kann. Ich habe es genau untersucht.«

Ich trete näher und knie mich neben ihn auf dem Fußboden. »Schau mich an, Andy.«

Er senkt den Kopf. »Du willst mich nur hypnotisieren.«

»Ich brauche keine Hypnose, um dich von der Wahrheit zu überzeugen. Ich bin nicht dein Feind. Ohne mich wirst du die ganze Sache gar nicht mehr aufhalten können. Stell dir doch nur einmal eine Gesellschaft vor, in der jeder die Kräfte und den Appetit eines Vampirs hat.«

Dieses Schreckensbild läßt Übelkeit in ihm aufkommen. »Trinkst du wirklich Menschenblut?«

»Ja, ich brauche es zum Leben. Aber ich muß denjenigen, von dem ich trinke, nicht unbedingt töten oder verletzen. Normalerweise kriegen sie gar nicht mit, was passiert. Sie wachen bloß am nächsten Morgen mit einem Brummschädel auf.«

Zu meiner Überraschung gleitet ein Lächeln über sein Gesicht. »Ich bin heute abend mit einem Brummschädel aufgewacht. Hast du etwa ohne mein Wissen von meinen Blut getrunken?«

Ich kichere leise. »Nein. Deine Kopfschmerzen sind dein eigenes Problem. Wenn du mit dem Alkohol nicht aufhörst, gibt deine Leber bald ihren Geist auf. Hör auf den Rat eines fünftausend Jahre alten Arztes.«

Schließlich blickt er mich doch an. »Du bist nicht wirklich so alt, oder?«

»Ich habe schon gelebt, als Krishna auf der Erde war. Ich bin ihm sogar begegnet.«

»Was war er denn für einer?«

»Cool war er.«

»Krishna war cool?«

»Ja. Er hat mich nicht getötet. In seinen Augen war ich bestimmt kein Monster.«

Langsam beruhigt sich Andy wieder. »Entschuldige, daß ich dich vorhin so genannt habe. Es ist so, daß..., na ja, ich hab' eben noch nie einen Vampir getroffen. Ich meine, jedenfalls war ich noch nie mit einem im Hotelzimmer.«

»Bist du froh, daß du gestern nacht nicht mit mir geschlafen hast?«

Dieses kleine Detail war ihm wohl entgangen. »Hätte mich das zu einem Vampir gemacht?«

»Sex mit einer Unsterblichen reicht nicht aus, um selbst unsterblich zu werden«, sage ich behutsam. »Aber das dürfte dir bekannt sein.«

Er macht ein grimmiges Gesicht. »Dafür ist ein Bluttransfer nötig. Jede Menge Blut.«

»So ist es. Habt ihr das mit euren Experimenten herausgefunden?«

»Wir haben ein paar Sachen herausgefunden. Es ist jedoch so, daß das menschliche Immunsystem dieses Blut abstößt. Es nimmt es erst an, versucht aber im selben Moment, es zu zerstören. Wir haben die Theorie aufgestellt, daß eine größere Infusion von eurem Blut das ganze System von Grund auf umwandeln würde. Wir gehen davon aus, daß eure DNS dann einfach das Kommando übernehmen und sich Zelle für Zelle im Körper reproduzieren würde.« Er schweigt. »War es so, als *Yaksha* dich zu einem Vampir machte?«

Ich zögere einen Augenblick. Ich will ihm keine Informationen in die Hand geben, die später noch einmal von Bedeutung sein könnten.

»Als er mich verwandelte, war ich noch jung. Ich hab' fast die ganze Zeit geweint.«

»Ist er tot?«

»Ja.«

»Wann ist er gestorben?«

»Vor ein paar Tagen«, füge ich hinzu. »Er wollte sterben.«

»Warum?«

Ein leises, trauriges Lächeln gleitet über mein Gesicht. »Er wollte bei Krishna sein. Das war das einzige, was ihm wichtig war. Als er mich verwandelte, war er bösartig. Aber als er starb, war er ein Heiliger. Er liebte Gott über alles.«

Fasziniert starrt Andy mich an. »Es stimmt, was du sagst, nicht wahr?«

Schwach nicke ich ihm zu. Der Gedanke an Krishna berührt mich sehr.

»Ja. Vielleicht hätte ich dir von Anfang an alles erzählen sollen. Weißt du, ich hatte eigentlich vor, dich zu hypnotisieren. Ich wollte dich verführen, dir Geld anbieten, dir den Kopf verdrehen – bis du gar nicht mehr gewußt hättest, wo dir der Kopf steht.« Sanft berühre ich sein Bein. »Aber nichts von alldem ist jetzt noch nötig. Du bist ein aufrechter Wissenschaftler. Du bist auf der Suche nach der Wahrheit. Du willst den Leuten nichts Böses. Und dir ist klar, daß dieses Blut für sehr viele Leute Böses bedeuten kann. Gib es mir zurück. Ich weiß, wie ich damit umgehen muß. Ich weiß, wie ich es aus der Reichweite des Bösen heraushalte.«

»Wenn ich dir helfe, auf das Gelände zu kommen, sperren sie mich für den Rest meines Lebens ein.«

»Den ganzen Tag über kommen Fahrzeuge auf das Gelände und fahren wieder heraus. Ich habe es aus sicherer Entfernung beobachtet. Du kannst mich in deinem Kofferraum hineinbringen. Wenn niemand hinsieht, klettere ich heraus, und kein Mensch kann dir je einen Vorwurf machen.«

Überzeugt ist Andy nicht davon. »Dein Freund sitzt in

einer Zelle im Keller unseres Hauptlabors. Die Zellenwände bestehen aus einer speziellen Metallegierung. Da kämst selbst du nicht hindurch. Jedenfalls weiß ich sicher, daß dein Freund es nicht schafft. Ich habe ihn beobachtet, als er es versuchte. Außerdem steht er unter ständiger Bewachung. Kameras haben ihn Tag und Nacht im Visier. Dann ist da noch der Sicherheitsdienst auf dem Gelände. Drumherum gibt's überall Wachtürme. Die Soldaten darin sind schwerbewaffnet. Der Platz gleicht einer Festung. Hinter jedem Gebäude sind Panzer und Raketen plaziert.« Er verstummt. »Du kriegst ihn da nie raus.«

»Diese Sonderzelle, wo sie Joel gefangen halten: Wie geht denn die Tür überhaupt auf?«

»Direkt außen ist ein Knopf auf einem Kontrollfeld. Drück drauf, und die Tür schiebt sich zur Seite. Aber von meinem Kofferraum bis zu dem Knopf ist es ein langer Weg. Noch länger dann, um wieder rauszukommen. Du mußt schon unsichtbar sein, um mit deinem Freund entkommen zu können.«

Ich nicke. »Das Sicherheitssystem des Camps gehen wir Punkt für Punkt noch genau durch. Beantworte mir aber erst einmal meine Frage: Gibt es bei euch noch einen Vampir?«

Er zögert. Dann läßt er den Kopf sinken. »Ja.«

»Seit wann ist er bei euch? Seit einem Monat?«

»Ja.«

»Ist er in Los Angeles verhaftet worden?«

»Ja. Es ist ein junger Schwarzer. Er lebte in South Central, bevor er Vampir wurde.« Andy schaut zu mir auf. »Er hat aber nie etwas von einem Eddie erzählt. Der Mann, der ihn zum Vampir machte, hieß anders. Ich komme aber im Moment nicht auf den Namen.«

Ich hatte also recht mit meiner Vermutung. »Und dieser andere wiederum ist von Eddie zum Vampir gemacht worden. Glaub mir: Ich kenne die Herkunft dieses anderen Vampirs. Wo ist er untergebracht – von Joel aus gesehen?«

»Gleich in der Nachbarzelle. Aber er liegt im Koma. Er hat die gleiche Krankheit wie dein Freund – Krämpfe und Fieber.« Andy schüttelt den Kopf. »Wir wußten doch nicht, was wir für ihn hätten tun können. Er hat nie um Blut gebeten.«

»Ihr müßt ihn euch geschnappt haben, unmittelbar nachdem er zum Vampir geworden ist. Niemand hat ihm überhaupt je gesagt, zu was er geworden ist.« Nicht gerade angenehm, sich vorzustellen, was für Qualen die arme Seele gerade durchlebt. »Ich muß auch ihn da rausholen.«

»Du wirst ihn tragen müssen.«

»Wenn es sein muß.«

Andy mustert mich. »Du sagst, du bist sehr alt. Das heißt, du hast eine Menge mehr drauf als wir Sterblichen. Dann mußt du doch wissen, wie schlecht deine Chancen stehen.«

»Gegen schlechte Chancen bin ich schon immer ganz gut angekommen. Denk nur dran, wie gut ich am Spieltisch abgeschnitten habe.«

»Du wirst dabei sterben.«

»Vor dem Sterben habe ich keine Angst.«

Das beeindruckt ihn. »Du bist ja wirklich kein Monster. Du bist viel mutiger als ich.«

Ich nehme seine Hand in meine. »Ich habe eben gesagt, daß du kein Risiko dabei eingehst, mir zu helfen. Das stimmt aber nicht. Der Mann, der mich in seinem Kofferraum auf das Gelände schmuggelt, muß sehr mutig sein.«

Er drückt meine Hand. »Wie heißt du denn mit richtigem Namen?«

»Sita.« Ich füge hinzu: »Nur wenige haben mich unter diesem Namen kennengelernt.«

Er streicht mir über meine roten Haare. »Als ich dir sagte, daß dein Blut mich in Angst versetzt, stimmte das auch nicht ganz. Es fasziniert mich nämlich auch.« Er schweigt, und ein verschmitztes Lächeln taucht in seinem Gesicht auf. »Und Sex reicht wirklich nicht aus, um mich unsterblich zu machen?«

»Bis jetzt jedenfalls nicht. In letzter Zeit geschehen aber jede Menge merkwürdige Dinge.« Plötzlich verspüre ich tiefe Zuneigung für ihn. Als hätten mich *seine* Augen hypnotisiert, mit ihrer unglaublichen Tiefe und ihrer sanftmütigen Freundlichkeit. Ich lächele, beuge mich vor zu ihm, nehme ihn in die Arme und flüstere ihm ins Ohr: »Es dämmert schon. Ganz früher war dies die Zeit der Transformation, die Zeit der Alchemie. Wir bleiben jetzt hier erst mal zusammen.« Nach einer Weile füge ich hinzu: »Wer weiß, was dann noch geschieht?«

12. KAPITEL

Ich habe einen Traum, den ich schon einmal geträumt habe. Einen Traum, der ewig zu währen scheint. Er spielt auch in der Ewigkeit, jedenfalls in meiner Vorstellung davon, was Ewigkeit bedeutet.

Ich stehe auf einer weiten Wiese, von der aus ich in der Ferne einige sanfte Hügel erkennen kann. Es ist Nacht, doch der Himmel leuchtet. An Stelle der Sonne glitzern unzählige Sterne. Irgendwie kommt mir dieser Ort bekannt vor. Die Luft ist angenehm warm, erfüllt von wohlriechendem Duft. Weit von mir entfernt bewegt sich ein Menschenstrom auf ein Schiff zu, ein riesiges, violettes Raumschiff; beinahe blendend hell gehen göttliche Strahlen von ihm aus. Mir ist, als wüßte ich, daß es bald abhebt und daß ich in ihm sein werde. Doch gibt es vor der Abfahrt noch etwas, was ich mit Gott Krishna klären muß.

Er steht gleich neben mir auf dieser weiten Ebene, die goldene Flöte in der Rechten, eine rote Lotusblüte in der Linken. Er ist einfach gekleidet wie ich auch: in eine lange, blaue Robe, die bis zum Boden reicht. Doch trägt er zudem noch ein Juwel um den Hals: den strahlenden Edelstein, in dem sich das Schicksal jeder Seele spiegelt. Er betrachtet den Himmel und scheint darauf zu warten, daß ich das Wort ergreife. Doch kann ich mich nicht erinnern, worüber wir zuletzt gesprochen haben.

»Ich fühle mich so verloren, Herr«, flüstere ich schließlich.

Er hält den Blick auf die Sterne gerichtet. »Du fühlst dich von mir getrennt.«

»Ja. Ich will nicht von dir fortgehen. Ich will nicht auf die Erde.«

»Du hast mich nicht verstanden. Du bist nicht verloren. Die ganze Schöpfung gehört zu mir. Sie ist Teil von mir. Wie kannst du da verloren sein? Dich verwirrt nur das Gefühl, von mir getrennt zu werden.« Während er mich anblickt, wehen seine langen schwarzen Haare im leichten Wind. Aus der Tiefe seiner dunklen Augen heraus schimmern die Sterne. In seinem Blick liegt das Geheimnis der Schöpfung. Sein Lächeln ist so einnehmend, und die Liebe, die er verströmt, überwältigend. »Du bist schon einmal auf der Erde gewesen. Es ist dein Zuhause.«

»Wie ist das möglich?« raune ich vor mich hin, bemüht, mich zu erinnern. Verschwommene Bilder meines Daseins auf der Erde tauchen auf. Ein Ehemann, eine Tochter – ich kann sogar sehen, wie sie lächeln. Doch über ihnen liegt ein dunkler Schatten. Ich erkenne sie aus einer merkwürdigen Perspektive, aus einem Teil meiner selbst heraus, den ich gar nicht mit mir verbunden wußte. Viele Jahrhunderte ziehen an mir vorüber, erstickend voll mit endlosen Tagen und Nächten, mit leidenden Menschen, alles in Blut ertränkt. Blut, das ich vergossen habe. Ich presse die Frage heraus, die sich mir aufdrängt: »Was habe ich getan auf der Erde, Herr?«

«Du wolltest anders sein – und du warst anders. Das ist auch recht so. Diese Schöpfung ist wie eine Bühne, und wir alle spielen eine Rolle darin als Held oder Feigling. Es ist alles *maya* – Illusion.«

»Aber habe ich... gesündigt?«

Meine Frage scheint ihn zu belustigen. »So etwas ist gar nicht möglich.«

Ich blicke auf das startklare Schiff. Es ist fast voll. »Dann muß ich gar nicht weg von dir?«

Er lacht. »Sita. Du hast mir nicht zugehört. Du kannst gar nicht weg von mir. Ich bin immer bei dir, selbst dann, wenn du glaubst, auf der Erde zu sein.« Seine Stimme klingt verändert, ist nun mehr die eines Freundes als die eines Meisters. »Soll ich dir eine Geschichte erzählen?«

Obwohl ich verwirrter bin als zuvor, muß ich lachen.

»Ja, gerne, Herr«, antworte ich.

Er denkt nach. »Es waren einmal ein Fischer und seine Frau. Die beiden lebten in einem kleinen Dorf am Meer. Jeden Tag fuhr der Fischer mit seinem Boot hinaus, während seine Frau daheim blieb und sich um das Haus kümmerte. Ihr Leben war einfach, aber glücklich. Sie liebten sich sehr.

Es gab nur eines, was die Frau an ihrem Mann auszusetzen hatte: Er aß nur Fisch. Zum Frühstück, zu Mittag, zum Abendessen aß er immerfort nur das, was er gefangen hatte. Ganz gleich,was sie sonst noch kochen oder backen mochte, ob Brot oder anderes Gebäck, Reis oder Kartoffeln: Er rührte nichts davon an. Fisch allein war das, was er essen wollte, sagte er, und so sollte es für ihn auch bleiben. So war er schon von klein auf gewesen und hatte ein Gelübde abgelegt, das seine Frau nicht begreifen konnte.

Eines Tages wollte die Frau seine merkwürdige Ernährung nicht länger hinnehmen. Sie beschloß, ihm einen Streich zu spielen und ihm ein Stück Lamm unter den Fisch zu mischen. Das tat sie geschickt, so daß man nichts merkte. Verborgen unter den Schuppen des Fischs lag das rote Fleisch. Als der Mann an diesem Abend nach Hause kam und sich an den Tisch setzte, erwartete ihn sein Mahl.

Zunächst aß er mit herzhaftem Appetit. Seine Frau saß bei ihm und aß das gleiche wie er. Als er jedoch halb fertig war, begann er zu husten und zu würgen und bekam keine Luft mehr. Erst jetzt roch er etwas Merkwürdiges auf seinem Teller. Wutschnaubend wandte er sich seiner Frau zu.

»Was hast du getan?« herrschte er sie an. »Was ist in diesem Fisch?«

Erschreckt wich seine Frau zurück. »Bloß ein Stückchen Lamm. Ich dachte, ein bißchen Abwechslung täte dir gut.«

Da fegte der Fischer mit einer Armbewegung den Teller vom Tisch hinunter. Sein Zorn kannte keine Grenzen. Noch immer gelang es ihm nicht, Luft zu holen. Es war, als stecke ihm das Lammfleisch in der Luftröhre und rühre sich dort nicht von der Stelle.

»Du hast mich vergiftet!« schrie er. »Meine eigene Frau hat mich vergiftet!«

»Aber nein! Ich wollte dir doch nur einmal etwas anderes zu essen geben.« Sie sprang auf und klopfte ihm auf den Rücken, doch auch das half nicht. »Warum bekommst du denn keine Luft mehr?«

Der Fischer brach zusammen und lief blau an. »Ja, weißt du es denn nicht?« röchelte er. »Weißt du denn nicht, wer ich bin?«

»Aber du bist doch mein Mann«, schluchzte die Frau und kniete neben ihm nieder.

»Ich bin...« stieß der Fischer noch hervor. »Ich bin, was ich bin.«

Das waren seine letzten Worte. Er starb, und dabei veränderte sich plötzlich sein Körper. Seine Beine verwandelten sich in große Flossen. Seine Haut bedeckte sich über und über mit silbrigen Schuppen. Sein Gesicht trat hervor, und seine Augen wurden leer und kalt. Denn er war gar kein menschliches Wesen. Er war ein Fisch, und das war er Zeit seines Lebens gewesen. Und als großer Fisch konnte er sich nur von kleineren Fischen ernähren. Alles andere war Gift für ihn. An dieser Stelle legte Krishna eine Pause ein. »Verstehst du, Sita?«

»Nein, Herr.«

»Das macht nichts. Du bist, was du bist. Ich bin, was ich bin. Wir sind gleich – schon in dem Augenblick, in dem du dich an mich erinnerst.« Krishna nimmt die Flöte an den Mund. »Möchtest du ein Lied hören?«

»Sehr gerne, Herr.«

»Mach die Augen zu, und hör zu. Das Lied ist immer das gleiche, Sita. Aber es verändert sich auch jedesmal. Darin liegt das Geheimnis, das Paradoxon. Die Wahrheit ist in Wirklichkeit immer viel einfacher, als man sie sich vorstellt.«

Ich schließe die Augen, und Gott Krishna spielt auf seiner magischen Flöte. Eine ganze Zeitlang ist dies alles, was zählt. Der Klang seiner verzauberten Flöte schwebt auf einem Windhauch heran, direkt aus dem Herzen des Weltalls stammend. Die Sterne funkeln auf uns herab, das Universum dreht sich langsam um seine Achse, und Ewigkeiten verstreichen. Ich brauche meinen Gott gar nicht vor Augen zu haben und bin doch von seiner Allgegenwart überzeugt. Ich brauche ihn nicht zu berühren und fühle doch seine Hand auf meinem Herzen liegen. Ich brauche überhaupt nichts außer seiner Liebe. Nach einer Weile ist dies alles, was ich spüre: seine göttliche Liebe, die mitten in mein göttliches Wesen hineinströmt. Es ist wahr: Wir sind ein und dasselbe.

13. KAPITEL

Zusammengekauert liege ich in Andys Kofferraum. Von draußen höre ich die Geräusche vom Gelände, die Wachleute, die am Tor miteinander sprechen. So dunkel es im

Kofferraum auch sein mag, ich kann doch etwas erkennen. Zum Beispiel den weißen Laborkittel, den ich anhabe, und die gefälschte Dienstmarke, die auf meiner Brusttasche steckt. Es ist eine alte Marke von Andy. Geschickt habe ich mein Bild über seinem befestigt und den Namen verändert. Ich bin Leutnant Dr. Lara Adams, Mikrobiologin, und mit einem Zeitvertrag vom Pentagon hierhergeschickt worden. Andy zufolge sind jede Menge Wissenschaftler von dort gekommen. Mein Make-up läßt mich älter erscheinen. So müßte ich mich eigentlich unauffällig unter die anderen mischen können.

Am Sicherheitstor halten wir an. Ich höre, wie Andy mit den Wachleuten spricht.

»Wieder die lange Schicht, Harry?« fragt Andy.

»Sieht ganz so aus«, erwidert der Wachmann. »Und du? Arbeitest du bis morgen früh?«

»So ziemlich. Die Nachtschicht ist echt die Härte – ich weiß bald nicht mehr, ob ich komme oder ob ich gehe.« Andy reicht dem Wachmann etwas herüber, eine Karte, die elektronisch eingelesen wird. Um wieder hier herauszukommen, braucht er dann noch eine andere. Auch ich habe eine solche Karte in der Hosentasche stecken. In ganz normalem Tonfall fährt Andy fort: »Wenn ich's am Kartentisch nur ein klein bißchen besser geregelt bekäme, könnte ich diesen dämlichen Job hier aufgeben.«

»Verstehe«, gibt der Wachmann zurück. »Und wie sieht's so aus mit dem Kartenglück?«

»Gestern abend hab' ich zwei Riesen verdient.«

Der Wachmann lacht. »Und davor wieviel verloren?«

Andy fällt in sein Lachen ein. »Drei Riesen!«

Der Wachmann reicht ihm die Karte zurück. »Frohes Schaffen. Und mach den Chef nicht blöd an.«

Andy grinst. »Dafür ist es ja auch schon ein bißchen spät.«

Wir fahren auf das Gelände. Andy hat versprochen, zwischen zwei Hallen zu parken, so daß wir außer Sichtweite der Wachturmmannschaften sind. Weil ich mir die Sache vorher schon einmal von außen angeschaut habe, kenne ich mich aus. Als sich das Auto in Bewegung setzt, bin ich sicher, daß wir geradewegs auf die verabredete Stelle zusteuern. Besonders, als Andy nach links abbiegt, anhält und den Motor ausmacht. Er steigt aus und geht weg. Ich höre seine Schritte, höre, wie er das Hauptlabor betritt. So weit, so gut.

Ich klappe den Kofferraumdeckel hoch und spähe vorsichtig nach draußen.

Das Auto steht im Schatten. Kein Mensch ist zu sehen. Ich gleite heraus und schließe den Kofferraum leise. Ich glätte die Falten meines Laborkittels und richte mir die Haare. Die dicken Gläser machen mich zur Brillenschlange, lassen mich aber auch intelligent aussehen.

»Lara Adams aus dem Osten«, murmele ich vor mich hin. *Aus dem Osten* heißt hier Pentagon, hat mir Andy verraten. Sie nennen es hier nie beim richtigen Namen.

›Du mußt zu diesem General. Du mußt ihn in die Hand bekommen.‹

Seymours Rat geht mir nicht aus dem Kopf. Also widerstehe ich der Versuchung, Andy ins Hauptlabor zu folgen – wo Joel gefangengehalten wird –, und gehe statt dessen auf ein kleines Gebäude zu, das sich hinter dem Labor befindet. Es ist die Privatunterkunft des Generals. Ich trete auf die Vorderstufen und bleibe dort stehen. Die Klingel drücke ich nicht, denn ich weiß auch so, daß niemand zu Hause ist. Das hat Andy mir erzählt. Von ihm weiß ich, daß der General überhaupt sehr selten zu Hause ist. Andy will, daß ich mir Joel schnappe und dann so schnell wie nur möglich abhaue. Was er natürlich nicht weiß, ist, daß ich den General brauche, um den ganzen Platz hier in die Luft zu jagen. Doch immerhin habe ich ihm gesagt, daß er sich so schnell wie möglich davonmachen soll, wenn das Feuerwerk hier erst einmal losgeht.

Eine Weile stehe ich unschlüssig herum.

›Der General weiß, daß du Joel holen kommst.‹

Seymour ist schlau, aber ich denke doch, daß er die Intelligenz des Generals überschätzt. Wie leicht bin ich eben hier aufs Gelände gekommen! Der General kann doch gar nicht ahnen, daß ich hierhin unterwegs bin. Allerdings kann ich jetzt auch nicht das ganze Gelände nach ihm absuchen.

Ich beschließe, nach Joel Ausschau zu halten. Wenn ich erst einmal Bescheid weiß, wo genau er sich aufhält, ergibt sich daraus automatisch mein nächster Schritt. Ich gehe auf den Vordereingang des Labors zu, in dem Andy verschwunden ist.

Das Innere des Labors ist ein gewaltiges Labyrinth von Gängen und Büroräumen. Offenbar findet die wirkliche Arbeit mit Präparaten und Analysen im Untergeschoß statt. Männer und Frauen in Laborkitteln laufen umher. Ab und zu ein bewaffneter Soldat. Keiner achtet auf mich. Während ich lausche, ob es hier einen Aufzug gibt, höre ich Leute die Treppe hinauf- und hinabsteigen. Mir ist ein Treppenhaus lieber als ein Fahrstuhl. Der kann auch für einen Vampir zur Todesfalle werden.

Ich stoße auf die Treppen und steige hinunter. Von Andy weiß ich, daß sie Joel zwei Etagen unter dem Erdgeschoß gefangenhalten und daß sich seine Zelle, vom Haupteingang betrachtet, am anderen Ende des Gebäudes Richtung Osten befindet. Hier in dem Stockwerk sind schon wesentlich weniger Menschen. Sie sprechen in gedämpftem Ton. Ich bewege mich unauffällig wie ein Profi – was ich doch wohl auch bin – und gelange schließlich in einen engen Gang nahe der Rückseite des Gebäudes. Schwach kann ich Joel riechen. Doch seinen Herzschlag, seinen Atem kann ich nicht hören. Die Zellenwände müssen sehr dick sein. Der Geruch dient mir als Kompaß, und ich folge ihm vorsichtig, lasse mich dabei lenken von Lüftungsschächten und entgegenkommenden Menschen, die ihn verströmen.

Ich stoße auf einen Kontrollraum, in dem sich Monitore und zwei bewaffnete Soldaten befinden. Was sich in dem geschlossenen Raum abspielt, kann ich genau hören. Ich öffne die Tür einen Spaltbreit und werfe einen Blick hinein. Auf einem der Monitore erkenne ich Joel. Er sitzt in der Ecke eines grell beleuchteten Käfigs; mit einer Metallkette haben sie ihn an die Wand gebunden.

Es gibt keinen Monitor, auf dem ich noch einen anderen Vampir erkennen könnte. Merkwürdig.

Ich mache die Tür wieder zu und klopfe an. Einer der Wachleute spricht mich an.

«Ja, bitte? Kann ich Ihnen helfen?«

»Ja. Ich bin Dr. Lara Adams.« Ich deute auf den Bildschirm mit Joel. »Ich komme, um mit unserem Patienten hier zu sprechen.«

Der Wachmann schaut erst zu seinem Kollegen, dann wieder zu mir. »Sie meinen, über Lautsprecher, nicht wahr?«

»Ich möchte ihn lieber persönlich sprechen«, entgegne ich.

Der Wachmann schüttelt den Kopf. »Ich weiß nicht, was man Ihnen gesagt hat, aber niemand spricht persönlich mit dem... dem Patienten. Nur über Lautsprecher.« Eine kurze Pause entsteht, in der er meine Dienstmarke mustert. Und meine Brüste. Mann ist eben Mann. »Wer hat Ihnen die Genehmigung erteilt, mit dem Kerl zu reden?«

»General Havor.«

Er zieht die Brauen hoch. »Persönlich?«

»Ja. Sie können sich das von ihm bestätigen lassen, wenn Sie möchten.« Ich deute in den Raum. »Darf ich reinkommen?«

»Ja.« Der Wachmann tritt beiseite. »Wie war noch gleich ihr Name?«

»Dr. Lara Adams.« Ich zeige auf den Monitor. »Sehen kann ich ihn, aber wo steckt er? Hier in der Nähe?«

»Gleich um die Ecke«, sagt der andere Wachman, während der erste sich ans Telefon hängt. »Die Zelle, in der er steckt, könnte noch nicht einmal von 'ner Atombombe geknackt werden.«

»Oh!« mache ich nur. Danke für die nützliche Information.

Ich hole mit beiden Händen aus und lasse die Finger wie Messer durch die Luft sausen.

Beide Wachmänner sinken bewußtlos zu Boden.

Ich lege das Telefon wieder auf die Gabel. Und gehe gleich um die Ecke.

Ich drücke den roten Knopf, um die Zelle zu öffnen. Ein leichter Windzug entsteht. Die mannsbreite Tür öffnet sich.

»Joel!« stoße ich aus, als ich ihn gekrümmt in der Ecke vorfinde, an die Wand gefesselt. Er zuckt und zittert wie Espenlaub. Rasch trete ich auf ihn zu. »Ich hol' dich hier raus.«

»Nein, Sita!« keucht er nur. »Tu's nicht!«

Hinter mir schiebt sich die Tür wieder zu. Und schließt mich ein. Über mir flackert ein Monitor auf.

Andy blickt auf mich herab. Hinter ihm steht General Havor, mit kaum verhohlenem Grinsen im Gesicht. Doch in Andys Zügen steht keinerlei Schadenfreude; er schüttelt nur leicht den Kopf und gibt ein Seufzen von sich. Merkwürdig, doch erst jetzt in diesem Augenblick erkenne ich meinen Feind klar und deutlich vor mir. Die vielen, vielen Jahre haben sein Gesicht verformt, haben seine Augen trüb werden lassen, seine sanfte Stimme verändert. Doch ich finde keine Entschuldigung für mich, für mein mangelndes Begreifen. Von Anfang an hätte ich wissen müssen, mit wem ich es zu tun habe.

»Sita«, sagt Andy traurig mit leicht italienischem Akzent. *È passato tanto tempo dall Inquisizione.*«

»Sita. Es ist lange her seit der Inquisition.«

In einem einzigen grauenhaften Moment wird mir alles klar.

»Arturo!« flüstere ich.

14. KAPITEL

Seit meiner Festnahme sind bereits mehrere Stunden vergangen. Die meiste Zeit über habe ich auf dem Boden sitzend verbracht, mit geschlossenen Augen, so wie ein meditierender Yogi. Doch komme ich dabei nicht in den Genuß eines paradiesischen Nirwanas. Ich koche vielmehr vor Wut. Wut auf General Havor, auf Arturo und vor allem auf mich selbst. Arturo hat mir überall Spuren hinterlassen, und ich habe sie allesamt übersehen. Wieder und wieder halte ich mir die Liste vor Augen.

1. Als Joel gefangengenommen wurde, wurde er zu Andy gebracht. Andy war es dann auch, der General Havor bestätigte, daß Joel ein besonderes Wesen sein müsse. Statt nun aber Joel gleich zu untersuchen, ging Andy erst mal spielen. Verdammt merkwürdig, wenn man doch gerade erst den Fang des Jahrhunderts gemacht hat! Natürlich ging es Andy dabei nicht um sein Vergnügen. Er wußte genau, daß ich ihn beobachtete. Er wußte, daß er mit sich selbst als Köder beste Chancen besaß, mich in die Falle tappen zu lassen.
2. Nie sah ich Andy je in der Sonne, und das lag nicht bloß daran, daß er Nachtschicht hatte. Er war sonnenempfindlich, wie es sich für einen Vampir gehört. Aber ein echter Vampir ist er nicht.
3. Andy sprach mir gegenüber von seiner streng geheimen Arbeit. Mir, einer total Fremden. Ich brauchte es praktisch gar nicht aus ihm herauszukitzeln. Er stellte es haargenau so hin, als sei er der von seiner Arbeit frustrierte Typ, dem man nicht genug Gehalt zahlte, der einen herrschsüchtigen Chef und einen beschissenen Arbeitsplan hatte. Er legte mich auf die heim-

tückischste Art und Weise rein, indem er mir genau die Information besorgte, mit der ich glaubte, ihn hereinlegen zu können.

4. Er protestierte, als ich ihn bat, mir auf das Gelände zu helfen. Er machte voll auf trotzig. Daß er mir schließlich doch half, ohne daß ich überhaupt hypnotischen Einfluß auf ihn genommen hätte, hätte mir merkwürdig vorkommen müssen.
5. Andy besaß Arturos Modell der Vampir-DNS. Ich erkannte das nicht, weil ich mir einbildete, er hätte schon einmal einen Vampir untersucht und dabei dessen genetischen Code geknackt. Kleines Problem dabei: Es gab überhaupt keinen anderen Vampir. Ich hatte Eddies Bastarde allesamt erledigt. Der einzige, den die Regierung in der Hand hatte, war Joel.

Denn er war überhaupt kein menschliches Wesen. Er war ein Fisch, und das war er Zeit seines Lebens gewesen. Und als großer Fisch konnte er sich nur von kleineren Fischen ernähren.

In meinem Traum hatte Krishna mir zu erklären versucht, daß die verborgene Wahrheit die ganz offensichtliche war.

Andy war in der Lage, Arturos Modell zu bauen, weil er Arturo war!

Und wieso bewahrte er es dann so auf, daß ich es entdecken konnte? Ganz einfach: um seinen Spott mit mir zu treiben. Ich mache die Augen wieder auf. »Verdammt!« entfährt es mir leise.

Joel schaut zu mir herüber. Seine Ketten habe ich zerbrochen, so daß er nicht länger an die Wand gefesselt ist, sondern sich richtig hinlegen und ausruhen kann. Die Ketten haben jedoch trotzdem ihre Dienste geleistet. Wäre Joel nämlich in der Lage gewesen, aufzustehen und mitzugehen, wäre ich gar nicht erst in den Käfig hinein. Ich habe mittlerweile die Wandstärke überprüft. Der Wachmann hatte schon recht: Auch eine Atombombe käme hier nicht hindurch.

Die Zellenwände sind glatt und aus weißem Metall. Der Raum selbst ist quadratisch und ungefähr sechs mal sechs Meter groß. Eine nackte Kloschüssel ist an einer der Wände befestigt, ein einzelnes Feldbett an der gegenüberliegenden. Joel liegt auf der dünnen Matratze.

»Fehler machen wir alle«, meint er.

»Die einen mehr, die anderen weniger.«

»Toll, daß du versucht hast, mich zu befreien. Aber du hättest mich sterben lassen sollen, als Eddie mir die Adern öffnete.«

»Mag sein, daß du recht hast. Aber dann käme ich ja jetzt nicht in das Vergnügen deiner Gesellschaft.« Eine Weile sage ich gar nichts. Dann frage ich ihn:»Wie geht es dir?«

Nach meiner Festnahme, noch bevor ich mich hinsetzte und mit mir zu hadern begann, habe ich Joel als erstes einen guten Schluck von meinem Blut zu trinken gegeben. Die Transfusion half ihm über das Gröbste hinweg, doch wirkt er nach wie vor ausgemergelt. Ich sträube mich aber dagegen, ihm noch mehr Nahrung zu geben. Schließlich ist uns beiden klar, daß ich bei vollen Kräften sein muß, wenn wir ausbrechen wollen.

»Ich fühle mich gut.« Dann fügt er hinzu: »Besser als in den letzten Tagen.«

Ich drücke seine Hand.

»Muß hart für dich gewesen sein. Haben sie dich von oben bis unten untersucht?«

»So kann man's wohl auch nennen.« Er weist auf den Bildschirm. Von Arturo habe ich ihm gegenüber nichts erwähnt. »Ich nehme mal an, das ist ein alter Freund von dir?«

Mir ist klar, daß jedes Wort von uns aufgezeichnet wird. Was vor Gericht gegen mich verwendet werden könnte,weiß ich nicht. Ich weiß nur, daß man mir nicht das Recht zugestehen wird, die Aussage zu verweigern. Ob sie Informationen aus mir herausfoltern werden? Damit würden sie nur ihre Zeit verschwenden. Jedenfalls werden sie mich wohl keinen Anwalt anrufen lassen.

»Ist 'ne lange Zeit her mit uns beiden«, erwidere ich bloß. »Wie war Vegas?«

»Klasse. Hab' beim Würfeln jede Menge Kohle gemacht.«

»Super. Wo hast du gewohnt?«

»Im Mirage.« Ein Seufzer kommt mir über die Lippen. »Es tut mir so leid, Joel. Wir sollten beide nicht hier drin sein. Ich hab's vermasselt.«

»Sei nicht so streng mit dir. Immerhin hast du Eddie erledigt.«

»Tja, aber nur, um eine Situation zu schaffen, in der es vielleicht bald tausend Eddies gibt.« Abrupt hebe ich die Stimme an und brülle in Richtung Bildschirm: »Hast du gehört, Arturo? Tausend Ralphs, die frei herumlaufen! Ist es das, was du willst?« Meine Stimme wird leiser: »Das ist auf alle Fälle das, was du davon haben wirst.«

Eine Antwort auf meinen Gefühlsausbruch erwarte ich nicht, doch kaum eine Minute später geht der Bildschirm wieder an. Arturo sitzt allein an seinem Schreibtisch im Kontrollraum. Gleich um die Ecke sozusagen.

»Sita«, sagt er. »*Non avevo mai pensato che ti avrei rivista.*«

»*Ich hätte nie gedacht, daß wir uns einmal wiedersehen.*«

»Ich auch nicht«, murmele ich.

»Bist du okay?« fragt er, dabei mühelos von einer Sprache in die andere wechselnd. Wenn er sich bemüht, spricht er akzentfrei. Er muß schon lange in Amerika leben.

»Kein Käfig ist okay.« Nach einer Weile fahre ich fort. »Und du?«

Er spreizt die Hände. Mir kommt in Erinnerung, wie groß sie waren. Ich rufe mir viele Einzelheiten zurück: seine warmen, grauen Augen, seinen kräftigen Kiefer. Wieso habe ich ihn nicht wiedererkannt? Auf den ersten Blick mag es Gründe dafür geben. Er ist fünfundzwanzig Jahre älter als bei unserer letzten Begegnung im Mittelalter, doch sein

Gesicht hat sich mehr verändert, als dies die zweieinhalb Jahrzehnte rechtfertigen. Wahrscheinlich deshalb, weil er in Wirklichkeit über siebenhundert Jahre alt ist.

Aber dies alles hätte mich nicht hinters Licht führen dürfen. Ich habe ihn aus zwei guten Gründen nicht erkannt: weil ich erstens sicher davon ausging, daß er unmöglich in unserer Zeit existieren konnte, und mir deshalb noch nicht einmal der Gedanke an ihn kam, und weil zweitens der Andy, an den ich mich heranmachte, nicht die Seele des Arturo besaß, den ich einst liebte. Den Mann, der jetzt gerade auf mich herabschaut, kenne ich kaum, und habe doch damals über Monate mit ihm geschlafen.

»Was hätte ich denn deiner Meinung nach tun sollen?« gibt er zurück. »Du mußtest aufgehalten werden.«

Höhnisch erwidere ich: »Aufgehalten weswegen?«

»Wegen dieser brutalen Morde in Los Angeles. Mir war klar, daß du das warst.«

»Dir war klar, daß ich es *nicht* war! Dir war klar, daß das ein anderer Vampir war! Fang nicht unser erstes Gespräch nach siebenhundert Jahren gleich mit einer Lüge an. Du weißt ganz genau, daß ich nie jemand aus Spaß getötet habe.«

Mein Zorn läßt ihn einen Schritt zurückweichen. »Entschuldigung. Ich hätte wohl sagen sollen, ich wußte, daß du indirekt damit zu tun hattest.« Nach einer Weile fährt er fort: »Wer hat die Morde auf dem Gewissen?«

Eigentlich hatte ich beschlossen, so wenig wie nur möglich herauszurücken. Aber diese Information wird ihnen doch nicht weiterhelfen. Es geht hier einzig und allein um mein Blut.

»Ein durchgeknallter Vampir hat das Blutbad angerichtet. Eddie Fender. Das Sonderkommando von Los Angeles und das FBI haben alles versucht, um ihm das Handwerk zu legen. Aber ich war es schließlich, der dem Gemetzel ein Ende bereitet hat. Und was habe ich nun davon? Eine Auszeichnung? Von wegen: Die ganze Polizei ist mir auf den Fersen.«

»Du hast zwei Dutzend Polizeibeamte umgelegt.«

»Doch nur, weil sie *mich* umlegen wollten! Ich bin hier nicht der Bösewicht. Ihr seid es – du und der Dreckskerl, mit dem du dich zusammengetan hast.« Es dauert eine Weile, bis ich mich wieder beruhigt habe. »Warum arbeitest du mit diesen Leuten zusammen?«

»Ich kann ihnen helfen. Sie können mir helfen. Wir haben gemeinsame Interessen. Ist das nicht der Grund für die meisten Partnerschaften?«

»Ja, bei egoistischen Leuten. Aber dich habe ich gar nicht als Egoisten in Erinnerung. Warum arbeitest du für das Militär?«

»Das solltest du doch mittlerweile begriffen haben. Ich muß meine Experimente zu Ende bringen.«

Ein Lachen kommt mir über die Lippen. »Bist du etwa immer noch auf der Suche nach dem Blut Christi?«

»Das sagst du so, als sei es ein fruchtloses Vorhaben.«

»Ein gotteslästerliches. Du hast doch gesehen, was beim letztenmal dabei herausgekommen ist.«

»Ich habe einen Fehler gemacht, na und? Noch einmal werde ich diesen Fehler nicht machen.«

»Ach, so einfach ist das? Ein kleines Fehlerchen gemacht? Und was ist mit Ralph? Ich habe den Jungen geliebt. Du doch auch. Und dann hast du ihn zum Monster gemacht. Du hast mich gezwungen, ihn umzubringen. Weißt du überhaupt, was das für mich bedeutet hat?«

Arturo reagiert kühl. »Immerhin hast du hinterher gegen mich ausgesagt.«

»Jemand mußte dich aufhalten. Ich hatte nicht die Kraft, vielleicht auch nicht die Willensstärke, es auf eigene Faust zu schaffen.« Ich verstumme und fahre erst nach kurzem Zögern fort: »Du hättest im Kerker mit mir reden können. Hast du aber nicht.«

»Es gab nichts, was ich dir zu sagen gehabt hätte.«

»Tja, dann habe ich dir heute auch nichts zu sagen. Na, komm schon, hol dir deine frische Portion Vampirblut. Schick jede Menge Wissenschaftler und Soldaten rein. Alle werden allerdings nicht wieder hier herauskommen.«

»Solange du in dieser Zelle bist, stellst du keinerlei Gefahr für uns dar. Und du wirst für den Rest deines Lebens drinbleiben.«

»Das wird sich noch zeigen«, raune ich kaum hörbar vor mich hin.

»Sita, du überraschst mich. Bist du denn überhaupt nicht neugierig zu erfahren, wieso ich noch am Leben bin?«

Matt hole ich Luft. »Wie du überlebt hast, kann ich mir in etwa vorstellen. Selbst wenn du mir gegenüber geschworen hast, keine Selbstversuche anzustellen: Du hast es trotzdem getan. Deswegen hast du auch deine Visionen mit der DNS bekommen. Du hast sie mit den Augen eines Zwitters gesehen, einer Art Mischform.«

»Es stimmt: Ich habe wirklich Selbstversuche an mir unternommen. Aber ich habe nie erreicht, was ich wollte. Das weißt du doch.«

Ich nicke. »Stimmt. Denn älter bis du ja geworden. Tut es dir nicht weh, Arturo, daß du nicht mehr der schneidige junge Priester bist?«

»Ich habe gute Chancen, unsterblich zu werden.«

»Hm. Und ich hatte immer gedacht, du wolltest sterben und in den Himmel kommen.« Er hat schon recht: Ich bin wirklich neugierig, was sich in jenen Tagen dann noch ereignet hat. »Was ist denn nach der Gerichtsverhandlung geschehen? Wie bist du entkommen? Ich hörte, sie hätten dich auf dem Scheiterhaufen verbrannt.«

»Der Inquisitor gewährte mir eine Privataudienz. Davonkommen lassen konnte er mich nicht, wie er sagte, bot mir jedoch an, mich gegen ein Geständnis als Hexer hängen statt verbrennen zu lassen.«

»Und das Hängen hast du überlebt?«

»Genau.«

»Hat es dich überrascht?«

»Schon. Es war eben ein Risiko, das ich eingehen mußte. Eine andere Wahl blieb mir ja auch nicht.«

Ich zögere. »Was hast du mit Ralph gemacht?«

Zum ersten Mal mischt sich so etwas wie ein Schuldgefühl in Arturos Züge. »Ich habe ihn mit einem Fläschchen deines Blutes behandelt – während die pralle Mittagssonne hindurchschien.«

Ich bin entsetzt. »Aber du hattest gesagt, daß du so etwas niemals tun würdest. Du hattest gesagt, die Schwingungen dabei wären so stark, daß sie jeden umbringen würden.«

»Du hast doch selbst gesehen, wie sich die Gerüchte über mich verbreiteten. Ich hatte nur eine sehr begrenzte Zeit zur Verfügung, um meine Experimente zum Abschluß zu bringen. Ralph hatte uns die ganze Zeit über nachspioniert. Das haben weder du noch ich gemerkt. Er hat ganz genau mitbekommen, worauf wir aus waren. Und er wollte es ausprobieren.«

Kalte Wut überfällt mich. »Was du da sagst, ist doch absolut lächerlich! Er war doch noch ein Kind! Er hatte doch überhaupt keine Ahnung, was mit ihm passieren würde! Du aber doch sehr wohl!«

»Sita.«

»Armseliger Feigling! Wenn dir dein Experiment so wichtig war, warum hast du es denn dann nicht an dir selbst durchgeführt – während die pralle Mittagssonne durch das Fläschchen mit meinem Blut schien, hä?«

Meine Worte treffen ihr Ziel, und doch scheint er immer noch überrascht. »Aber ich habe mich doch selbst bei Sonnenschein dem Blut ausgesetzt. An dem Morgen, als ich hörte, wie der Mob ins Kloster eindrang. Ich rannte hinab in den Keller und setzte mich der vollen Schwingung des Vampirblutes aus. Nur deshalb, vermute ich, konnte ich so lange am Leben bleiben. Wenn mich der Mob nicht daran gehindert hätte, wäre die Transformation vermutlich vollends geglückt, und ich hätte den Zustand der Vollkommenheit erreicht. Aber der Mob hat gleich als erstes das Fläschchen zerstört.«

Seine Worte ernüchtern mich. »Und was ist dann schiefgegangen bei Ralph? Wieso hat er sich in ein Monster verwandelt?«

»Dafür könnten eine Reihe von Faktoren verantwortlich sein. Zum einen dürfte es daran liegen, daß ich ihn bei voller Mittagssonne auf die Kupferplatte gelegt habe. Und dann – ich glaube, das ist der Hauptgrund dafür, warum das Experiment scheiterte – war Ralph von Natur aus für gewöhnlich furchtlos. Nur: Als das Experiment begann, bekam er eben doch einen Schrecken.

Die Kraft des Magnetfelds hat diesen Schrecken dann noch vervielfacht, was wiederum seine DNS entstellt hat. Als der Veränderungsprozeß abgeschlossen war, besaß ich keine Kontrolle mehr über ihn. Er war so stark wie zehn Männer. Er war schon aus der Tür, bevor ich ihn überhaupt hätte aufhalten können.«

»Du hättest mir Bescheid geben sollen. Ich hätte ihn aufgehalten, noch bevor er jemanden umbringt. Vielleicht hätten wir ihn zurückverwandeln können.«

Arturo schüttelt den Kopf. »Diese Möglichkeit gab es nicht.« Nach einer Weile fügt er hinzu: »Ich habe mich nicht getraut, dir Bescheid zu geben.«

»Na endlich: Der Hohepriester legt die Beichte ab«, spotte ich. »Du kannst hier erzählen, was du willst: Du hast an einem Kind herumexperimentiert und dann erst an dir selbst. Und du hast mich angelogen, als du im Namen deines hochheiligen Gottes geschworen hast, mir immer die Wahrheit zu sagen.«

«Jeder lügt einmal«, sagt er nur.

»*Guarda cosa sei diventato, Arturo*«, entgegne ich ihm in der

Sprache seiner Jugend, gleichermaßen frustiert wie hoffnungsvoll. *»Schau doch nur, was aus dir geworden ist, Arturo.«*»Als wir uns zuerst begegneten, hättest du keiner Fliege etwas zuleide tun können. Und nur deshalb gab ich dir mein Blut. Ich habe dir vertraut.«

Selbst über Monitor kann ich erkennen, daß sein Blick sich in die Ferne richtet. Meine Worte rufen für uns beide schmerzvolle Erinnerungen wach. Mein Haß auf ihn wird nur noch übertroffen von der Liebe, die ich für ihn empfinde. Ja, es ist so: Ich liebe ihn noch immer, und dafür hasse ich mich. Er scheint zu spüren, was in mir vorgeht, denn mit einem Mal schaut er mich wieder an, und ein Lächeln legt sich auf sein Gesicht. Es ist ein trauriges Lächeln.

»Was ich getan habe, kann ich dir gegenüber nicht rechtfertigen«, erwidert er. »Außer, daß ich davon überzeugt war, der Lohn eines Erfolgs würde mehr wiegen als die Gefahr eines Scheiterns. Ja, ich hätte Ralph niemals dafür benutzen dürfen. Ja, ich hätte dich nicht anlügen dürfen. Aber wo wäre ich denn dann heute? Längst tot in irgendeinem vergessenen Grab. Und du gesund und munter in deiner egoistischen Welt. Wir hätten jetzt nicht dein Blut und könnten die Suche nicht fortsetzen, die vor siebenhundert Jahren ihren Anfang fand.«

Dafür habe ich nur ein höhnisches Kichern übrig. »Ich komme nicht darüber hinweg, daß ausgerechnet du mir gegenüber von Egoismus sprichst. Was für eine Krankheit hat sich denn bei dir im Magnetfeld vervielfacht, als du den Schwingungen meines Blutes ausgesetzt warst? Du bist doch vollkommen größenwahnsinnig geworden. Du warst Priester und ein guter dazu. Du warst deinem Gott gegenüber demütig. Und jetzt? Jetzt willst du selber Gott spielen. Wenn Jesus heute lebte, was hättest du ihm dann zu sagen? Würdest du ihn sich überhaupt erklären lassen, bevor du dich an sein Blut heranmachtest?«

»Möchtest du dich denn erklären?« fragt Arturo.

»Ich stehe keinem Menschen Rede und Antwort. Mein Gewissen ist rein.«

Er hebt die Stimme. Offenbar habe ich einen wunden Punkt bei ihm getroffen. »Das glaube ich dir nicht, Sita. Warum konntest du mir denn nicht in die Augen sehen, als du mich der Hexerei bezichtigt hast?«

»Du warst doch wirklich ein Hexer! Und der bist du auch geblieben: Verdammt noch mal, Arturo, kriegst du denn nicht mit, wie gefährlich es ist, wenn diese Leute mich hier gefangenhalten? Ich brauche General Havor doch nur anzusehen und weiß schon, daß er die Welt beherrschen will.«

»Er ist gar nicht so ein Monster, wie *Andy* es dich glauben machen wollte.«

»*Du* redest hier von glauben. An was glaubst du eigentlich heute? Es stimmt: Ich bin Jesus nie begegnet. Aber du weißt so gut wie ich, daß er deine Methoden niemals gutheißen würde. Deine Lügen, dein hinterhältiges Vorgehen und deine Foltereien. Die Mittel rechtfertigen den Zweck nicht. Du hast ja gar nicht mitbekommen, wie es war, als Ralph auf Menschenfleisch herumkaute. Hättest du das mit angeschaut, dann wüßtest du auch, daß der Weg, den du einschlagen willst, zur Hölle stinkt.«

Arturo lehnt sich ein wenig zurück vom Monitor. Er wirkt genauso müde wie ich, vielleicht auch genauso mit den Nerven am Ende. In diesem Augenblick wirkt sein Gesicht auch wesentlich älter als fünfundvierzig. Er scheint eher reif fürs Grab. Doch ist er fest entschlossen, seine Bestimmung zu erfüllen. Er schüttelt den Kopf, und ein Seufzen dringt ihm über die Lippen.

»Wir können die harte Tour mit dir fahren, Sita«, meint er. »Oder wir können die sanfte Tour mit dir fahren. Du hast die Wahl. Ich brauche dein Blut, und ich werde es mir holen.«

Ich setze ein grimmiges Lächeln auf. »Dann mach dich auf einen Kampf gefaßt. Aber ich warne dich, Arturo: Bis jetzt habe ich dir nur einen kleinen Teil von dem gezeigt, wozu ich in der Lage bin. Wenn du jetzt auf mich losgehst, zeige ich dir alles. Es gibt gar nicht genug Soldaten und Kugeln auf diesem Gelände, um mich für den Rest meines Lebens hier eingesperrt zu lassen. Sag deinem General, daß Menschen sterben werden, wenn ihr mich nicht freilaßt. Und du wirst sie auf dem Gewissen haben, Arturo. Ich schwöre dir im Namen meines Gottes: Du wirst niemals in den Himmel kommen – nicht in dieser Welt und auch nicht in der nächsten.«

Der Bildschirm wird schwarz.

Zuvor aber erkenne ich die nackte Angst in seinen Augen...

15. KAPITEL

Wieder vergehen Stunden. Joel schläft. Ich sitze erneut auf dem Boden, die Augen geschlossen, die Beine übereinandergeschlagen. Doch jetzt ist meine Aufmerksamkeit nach außen gerichtet. Durch die Wand hindurch kann ich die Gespräche der Wachmänner verfolgen. Mittlerweile sind sie drei. Sie reden gerade über ein Footballspiel.

»Wahnsinn, was die Forty-Niners draufhaben«, meint Wachmann eins. »Die sind im Angriff wie'n Maschinengewehr: gehen immer nur nach vorn. Die Cowboys haben mir richtig leid getan.«

»Jeder guckt eben auf den Quarterback«, sagt Wachmann zwei. «Dabei ist der Receiver doch viel wichtiger. Selbst ein schlapper Quarterback kann 'ne gute Figur machen, wenn er Spielern zupaßt, die total frei stehen.«

»Ich finde, es ist genau anders herum«, schaltet sich

Wachmann drei ein. »Ein astreiner Quarterback spielt eben auch Leute an, die gedeckt sind. Den Super Bowl gewinnt doch nicht irgendein x-beliebiges Team mit 'nem durchschnittlichen Quarterback in seinen Reihen.«

»Den Super Bowl gewinnen ohnehin nicht viele Teams«, vermerkt Wachmann eins.

»Eins im Jahr«, kommentiert Wachmann zwei.

»Na, dann wär's ja wohl auch kein Super Bowl, wenn jeder ihn gewinnen könnte«, folgert Wachmann drei.

Neben ihrem Geschwätz bekomme ich auch mit, was in ihnen vorgeht. Je ruhiger ich werde, desto wirkungsvoller macht sich Yakshas Blutgeschenk bemerkbar. Wachmann eins denkt an seinen angeschlagenen Magen. Sein Magengeschwür macht ihm jedesmal zu schaffen, wenn er Nachtschicht hat. Im Moment überlegt er gerade, ob er in der nächsten Pause zum Auto gehen und seine Flasche Magenbitter holen soll. Davon müßte er dann aber heimlich trinken. Seine Kollegen ziehen ihn nämlich ohnehin schon damit auf, daß er ständig Magengrummeln hat wie ein kleines Kind. Bei den Krämpfen, die er hat, ist es gar nicht selbstverständlich, überhaupt zur Arbeit zu gehen.

Die Gedanken von Wachmann zwei sind eher primitiver Natur. Er denkt an seine Frau, an seine Geliebte und an eine Frau, die er erst vor zwei Stunden in der Cafeteria getroffen hat. Alle drei phantasiert er sich nackt neben sich ins Bett. Vor Dienstbeginn hat er eine große Cola getrunken. Er muß dringend pinkeln. Wachmann drei ist interessant. Ohne daß seine Kollegen etwas davon wüßten, schreibt er in seiner Freizeit Science-fiction. Sein Schwager, ein Anwalt, hat eben sein neuestes Buch gelesen und ihm davon abgeraten, Schriftsteller zu werden. Wachmann drei ist aber der Meinung, daß sein Schwager nur wegen eines bestandenen Jura-Examens noch lange kein Gespür für Schriftstellertalente haben muß. Und recht hat er, denn Wachmann drei verfügt wirklich über ein kreatives Vorstellungsvermögen.

Um ihre Gedanken zu lesen, muß ich mich sehr konzentrieren. Ich kann mir immer nur *einen* vorknöpfen. Seit Urzeiten ist es mir gelungen, die Gedanken von Menschen dadurch zu beeinflussen, daß ich ihnen fest in die Augen starre und ihnen Worte einsuggeriere. In dieser Situation hier jedoch kann ich mit meinem Blick nichts ausrichten und auch nicht mit dem beschwörenden Reiz meiner samtig weichen Stimme. Je länger ich mich nun aber mit diesen Kerlen draußen befasse, um so überzeugter bin ich davon, daß ich ihnen Gedanken eingeben kann. Ich versuche es mit Wachmann drei, weil er der sensibelste ist. Ich baue in meinem Inneren ein festes Bild auf und schicke es durch die Wand.

»Das Mädchen hier ist voll gefährlich. Sie kann uns alle umbringen.«

Mitten im Satz unterbricht sich Wachmann drei. Ich höre, wie er unruhig auf seinem Stuhl hin- und her rutscht. »Hey, paßt mal auf!« beginnt er.

»Was denn?« wollen die beiden anderen wissen.

»Die Kleine hier drinnen ist voll gefährlich. Wir müssen echt aufpassen. Ihr habt doch gesehen, was sie mit Sam und Charlie angestellt hat.«

»Sie hat die beiden locker k.o. geschlagen«, pflichtet ihm Wachmann zwei bei. »Aber das sollte sie mal mit mir versuchen. Weit käme sie dabei nicht.«

»Ich glaube nicht, daß du es darauf ankommen lassen solltest«, meint Wachmann eins. »Sie soll ja irgendwie superkräftig sein.«

»Na gut, aber warum sie so kräftig ist, sagt uns kein Mensch«, sagt Wachmann drei. »Sie befehlen uns einfach bloß, sie im Auge zu behalten. Und was, wenn sie ausbricht? Sie könnte uns alle umbringen.«

»Ja!« flüstere ich sanft in mich hinein.

»Beruhige dich«, meint Wachmann eins. »Sie hat null Chancen, aus dem Käfig da rauszukommen.«

»Und selbst wenn sie ausbricht«, wendet Wachmann eins

ein, »dann können wir sie immer noch aufhalten. Was gehen mich denn die Befehle an? Ich knall' sie einfach ab.«

»Mir haben sie gesagt, daß ihr Kugeln nichts anhaben können«, erwidert Wachmann drei, innerlich immer noch damit beschäftigt, welche Riesengefahr von mir ausgeht.

Als nächstes konzentriere ich mich auf Wachmann eins. Auch ihm sende ich eine Suggestion hinüber.

»Wir dürfen sie nicht aus den Augen verlieren.«

»Wir behalten sie im Auge«, sagt Wachmann eins.

Den gleichen Gedanken pflanze ich auch bei Wachmann drei ein. »Ja«, plappert Wachmann drei nach. »Wir müssen wachsam sein, wir müssen sie ständig beobachten.«

Mit dem gleichen Gedanken will ich auch Wachmann zwei impfen.

»Ich muß pinkeln,« sagt Wachmann zwei.

»Nicht übel«, murmele ich zu mir selbst. »Zwei von drei ist keine schlechte Erfolgsquote.«

Im Verlauf der folgenden halben Stunde – mit Ausnahme der Zeit, die Wachmann zwei auf der Toilette verbringt – verstärke ich nach und nach ihre Paranoia darüber, wie gefährlich ich bin und wie schlimm es wäre, wenn sie mich nicht ständig unter Beobachtung hielten. Schon bald bringen Wachmann eins und drei nur noch paranoiden Quatsch hervor. Wachmann zwei weiß nicht, wie er die beiden wieder beruhigen soll, und noch nicht einmal, *wieso* sie plötzlich beruhigt werden müssen.

»Wenn wir sie nicht jede Sekunde im Auge haben ...«, steigert sich Wachmann eins, »dann bricht sie aus.«

»Und sobald sie ausbricht ...«, ergänzt Wachmann drei ... »reißt sie uns das Herz raus und ißt es auf.«

»Hört auf damit!« brüllt Wachmann zwei. »Sie bricht hier nicht aus.«

»Das wissen wir,« sagt Wachmann eins. »Sie bricht nicht aus, wenn wir die Augen aufhalten und das Licht auf sie gerichtet lassen.«

»Aber wenn die Lichter ausgehen, sind wir verloren«, beschwört Wachmann drei.

»Warum sollten denn die Lichter ausgehen?« will Wachmann zwei wissen.

Ich hole ein paarmal tief Luft und gebe meinen Zustand tiefer Konzentration nach und nach wieder auf. Ich fasse Joel an und schüttele ihn behutsam. Er öffnet die Augen und lächelt mich an. Bei allem Drumherum habe ich ganz vergessen, wie hübsch er ist. In seinen tiefblauen Augen liegt ein Ausdruck von Zärtlichkeit.

»Was für ein schöner Anblick beim Wachwerden«, flüstert er.

»Danke.«

»Hast du geschlafen?«

Ich beuge mich zu ihm vor und flüstere ihm direkt ins Ohr: »Nein. Ich habe die Samen unseres Ausbruchs ausgelegt. Die Wachmänner draußen sind von der Furcht besessen, uns aus den Augen zu verlieren.«

Er wird neugierig. »Weißt du das sicher?«

»Ja. Ich werde das Licht hier drinnen kaputtmachen. Dann kriegen sie Panik und werden um Hilfe rufen. Ganz sicher wird General Havor persönlich erscheinen.«

»Und dann?«

»Ich habe da so einen Plan, er ist aber noch nicht hundertprozentig spruchreif. Du brauchst mir einfach nur zu folgen. Steh auf jetzt und sei bereit, wenn ich das Kommando gebe.«

Joel tritt an die Wand gleich neben der Türe. Ich stehe mitten in der Zelle und starre in die Kameras über mir. Nun verabreiche ich den Wachmännern auf der anderen Seite der Wand eine letzte Dosis.

»Jetzt komm' ich zu euch«, sage ich boshaft. »Haut besser ab und versteckt euch.« Ich lecke mir die Lippen. »Ich habe nämlich einen Mordshunger.«

Dann zerschmettere ich blitzschnell die Deckenlichter. Dunkelheit legt sich über unsere Zelle. Dennoch kann ich alles erkennen, während Joel sich an der Wand entlangtasten muß. Draußen im Kontrollraum höre ich Wachmann eins und drei in Panik aufschreien. Wachmann zwei greift nach seiner Waffe und herrscht seine Kollegen an, Ruhe zu bewahren. Ich kann kaum ein Kichern unterdrücken.

»Komm schon zu mir, General«, flüstere ich. »Komm, Arturo.«

Fünf Minuten später höre ich die stampfenden Schritte von Arturo und Havor auf dem engen Flur. Ihre Stimmen klingen hitzig. Die des Generals erkenne ich sofort an ihrem Kommandoton. Arturo mag seinen Einfluß hier auf dem Gelände haben, aber Befehlshaber ist der Mann mit dem Stern auf den Schulterklappen. In welcher Beziehung die beiden wohl zueinander stehen? Um sie herum sind Dutzende von Soldaten mit automatischen Waffen im Anschlag, bemüht, nicht aus der Fassung zu geraten.

»Sie kann uns nichts anhaben, solange wir das Türschloß nicht anrühren«, sagt Arturo dem General. »Das hier ist nur ein Trick, mit dem sie uns dazu bringen will, die Türe aufzumachen.«

»Mir gefällt nicht, daß wir sie nicht sehen können«, schnauzt General Havor zurück. »Sie wissen, was sie Ihnen gesagt hat. Das volle Ausmaß ihrer Kräfte kennen wir nicht. Wer weiß: Während wir hier reden, arbeitet sie sich vielleicht schon durch die Wand durch.«

»Sie ist eine Meisterin der Manipulation«, kontert Arturo. »Sie hat deswegen über ihre unbekannten Fähigkeiten gesprochen, um Zweifel in uns zu säen – und nur deswegen. Wenn Sie die Türe aufmachen, ist sie in der nächsten Sekunde draußen. Dann müssen Sie sie umbringen – und das können Sie nicht.«

»Wir warten ab, bis wir erkennen können, was sie vorhat«, entscheidet General Havor.

»Was ist los?« zischt Joel im Dunkeln.

Meine Antwort ist so leise, daß nur er sie vernehmen

kann: »Der General und Arturo sind im Anmarsch. Sie wollen die Türe nicht aufmachen, aber ich habe da noch was auf Lager, damit sie ihre Meinung ändern. Neben dem Zirkus hier werde ich meine Gedanken in das Gehirn des Generals projizieren. Bitte sprich mich währenddessen nicht an. Ich muß mich konzentrieren. Wenn sie die Türe aufmachen, will ich, daß du dich direkt dahinter in die Ecke zwängst. Aber erst wenn ich dir das Kommando dazu geben. Es werden Schüsse fallen, und die Stelle hinter der Türe ist die sicherste. Verstehst du?«

»Ja. Glaubst du wirklich, sie machen die Türe auf?«

»Ja. Ich werde sie dazu bringen.«

Erneut setze ich mich mit übereinandergeschlagenen Beinen auf den Fußboden, diesmal mitten in den Raum. Ich hole ein paarmal tief Luft, ordne meine Gedanken und projiziere sie in den Kopf des Generals. Sein Geist ist leicht zu lokalisieren: Die psychische Energie, die von ihm ausströmt, ist überwältigend kraftvoll wie die geschmolzene Lava eines Vulkanausbruchs. Es wird nicht leicht sein, seinen Willen zu manipulieren. Bei einer so starken Persönlichkeit habe ich Schwierigkeiten, sie dazu zu bringen, das zu tun, was ich will, selbst wenn ich ihr ins Auge sehen und ins Ohr flüstern kann. Und diese beiden Möglichkeiten habe ich ja jetzt überhaupt nicht. Statt dessen will ich eine Reihe von Konditionierungen aufbauen, die ihn letztlich veranlassen sollen, den Befehl zur Türöffnung zu geben. Dazu gehörte, die Wachmänner zuerst in Panik zu versetzen und das Licht zu zerstören. Die nächsten Schritte werden schwerer.

Meine Gedanken finden den Weg in das Gehirn des Generals.

Es ist eine schwarze Höhle, voll mit den Netzen giftiger Spinnen. Was ich erkennen kann, ist, daß der General mich vergewaltigen will, kaum, daß er im Besitz meiner übernatürlichen Kräfte ist. Auch hat er vor, Arturo zu beseitigen, sobald der Alchemist seine Experimente abgeschlossen hat.

Die beiden haben kein Vertrauen zueinander. General Havor befürchtet, daß Arturo seine eigene DNS verändern und danach ihn, den General, umbringen will. Was Arturo denkt, kann ich allerdings nicht erkennen. Sein Gehirn ist ganz verhüllt, kein Wunder bei einer Art Zwitterwesen. Wie auch immer: Im Moment muß ich mich ganz auf den Mann konzentrieren, der hier die Befehle gibt. General Havor muß auf den Türöffner drücken – das ist alles, was jetzt zählt.

Ich packe ihn mit meiner psychischen Kralle.

»Das Miststück wird die Tür aufbrechen.«

Ich höre, wie der General Arturo anspricht.

»Sind Sie ganz sicher, daß sie die Tür nicht aufbrechen kann?« will er wissen.

»Selbst sie kommt gegen diese Metalle nicht an«, versichert ihm Arturo.

»Das Blut einer toten Hexe ist so gut wie das Blut einer lebenden Hexe.«

Diesen Gedanken spricht General Havor Arturo gegenüber nicht aus. Ich weiß aber, daß er sich vorstellt, mir in den Kopf zu schießen, mich zu töten, und sich unmittelbar danach mein Blut zu injizieren. Eine Idee, die ihn gepackt hat. Arturo wird ihn nicht davon abhalten können. Eher schon wird er ihm später hinterrücks einen Dolchstoß versetzen. Letztere Vorstellung ist die größte Sorge des Generals. Jetzt stoßen meine Suggestionen auf fruchtbaren Boden; was ich ihm eingegeben habe, wächst und breitet sich aus. General Havor kann beinahe fühlen, wie es ist, sich in ein paar Minuten mein Blut durch die Adern fließen zu lassen. Ich helfe dieser Vorstellung noch ein bißchen auf die Sprünge.

»Warum auf das Hexenblut warten?«

Auch diese Idee teilt General Havor Arturo nicht mit.

Aber er ist noch nicht so weit, die Türe aufzumachen.

Ich strecke mich aus und atme wieder in normalem Rhythmus. Langsam kehre ich zurück aus meiner Trance.

Genug mit den mentalen Übungen. Zeit für brutale Gewalt. Ich richte mich auf und mustere die vermeintlich undurchdringliche Türe. Dann gehe ich zum Angriff über. Ich springe hoch und trete mit voller Kraft gegen die Metalltür. Rasch hintereinander lande ich erst mit meinem rechten, dann mit meinem linken Fuß mehrere extrem wuchtige Tritte gegen die Türe. Die Tür gibt nicht nach, doch das Geräusch ist absolut ohrenbetäubend. Ich höre, wie draußen hektisch geschrien wird, und ich weiß ganz genau, was in dem General vorgeht. *Die Hexe bricht aus. Dann mache ich lieber selbst auf und töte sie, solange ich sie noch umzingelt halte. Scheiß auf Arturo.*

Ich hämmere weiter.

Mittlerweile dürften sich Wachmann eins und drei in die Hose gemacht haben.

Nach fünf Minuten lege ich eine Pause ein. Etwas geht vor. Ich strenge mich an, genau mitzuhören, was draußen passiert. General Havor und Arturo geraten wieder aneinander.

»Sie spielen genau nach ihren Regeln!« ruft Arturo. »Die Zelle ist unser einziger Schutz vor ihr. Öffnen Sie sie – und Sie öffnen die Tür zum Tod – für Sie und für alle hier.«

»Wie lange hält die Türe das denn noch aus?« fragt General Havor. »Sehen Sie doch: Da sind schon Risse in den Wänden!«

»Die Risse sind in den Wänden, die den Metallkäfig halten. Der Käfig selbst ist noch vollkommen intakt.«

»Das glaube ich nicht«, bellt General Havor. »Kümmern wir uns lieber jetzt um sie, wo wir bewaffnet und vorbereitet sind. Lieber soll sie sterben, als hier entkommen.«

»Was ist mit ihrem Blut? Wir brauchen es doch.«

»Wenn ich fertig mit ihr bin, liegt hier jede Menge von ihrem Blut herum.«

Arturo zögert noch. Er senkt die Stimme: »Jede Menge Blut wofür?«

General Havor gibt keine Antwortet. Er weiß ganz genau, daß in meinem Körper nur Blut für ihn allein ist. Je genauer ich den beiden zuhöre, desto klarer wird mir, daß General Havor an Arturos Zwitterwesen gar nicht interessiert ist. Er will viel lieber selbst ein Vampir werden. Das ist es, was er sich vorgenommen hat!

Ich hämmere und stemme mich weiter gegen die Tür.

Mir schmerzen die Füße. Ich achte gar nicht darauf.

Das Geräusch erschüttert das ganze Gebäude.

Wahrscheinlich zittert sogar den Leuten oben auf den Wachtürmen der Boden unter den Füßen.

Draußen vor der Türe verlangen die Wachen brüllend nach Befehlen.

General Havor und Arturo streiten weiter. Ich höre jedes Wort.

»Wir werden alle umkommen!« schreit Arturo.

»Sie ist die einzige, die umkommt!« brüllt General Havor zurück. »Sie kann uns nicht alle erledigen!« Nach einer kurzen Pause ertönt sein Kommando an die Soldaten: »Fertigmachen! Wir gehen rein!«

Ich entspanne mich einen Augenblick lang und hole Luft. »Sie kommen«, flüstere ich Joel zu. »Geh hinter die Türe.«

»Kann ich dir denn gar nicht helfen?« fragt er. »Immerhin bin ich doch Vampir. Nicht bloß FBI-Mann.«

Ich muß kichern. »Später, Joel.«

Den Geräuschen nach postiert sich jetzt ein ganzer Trupp Soldaten um den roten Knopf herum. Jeder einzelne von ihnen hat allerdings größte Bedenken, den Knopf auch tatsächlich zu drücken. Die schwere Metalltüre war doch so sicher. Der General brüllt sie noch einmal an, die Türe zu öffnen. Volle Magazine werden auf M 16s gesteckt, Kugeln in die Kammern geschoben.

Irgend jemand nimmt seinen ganzen Mut zusammen und drückt auf den Knopf.

Die Tür öffnet sich.

Ich springe hoch an die Zellenwand.

Dafür brauche ich meine neu entdeckten Schwebekünste gar nicht zu strapazieren. Ich klemme mich oben in der Ecke mit dem Rücken gegen die eine, mit den Füßen gegen die andere Wand. Hat einfach seine Vorteile, übernatürliche Kräfte zu besitzen. Die Arme habe ich dabei frei. Ich bin eine schwarze Witwe, bereit, mich hinabzustürzen und die Beute zu packen. Sie werden den Tag noch verwünschen, an dem sie mich in einen massiven Metallkäfig gesperrt haben.

Die Tür geht weiter auf.

Man könnte eine Stecknadel fallen hören. Selbst ohne die Ohren eines Vampirs zu haben.

»Sie ist weg«, flüstert jemand.

Mit Joel haben sie gar nichts am Hut. Nur mit mir, dieser verdammten Hexe.

»Sie steckt hinter der Türe«, knurrt General Havor von weiter vorn im Gang.

Gut zu wissen, wo genau er sich aufhält.

»Was machen wir jetzt?« krächzt jemand. Klingt ganz nach Wachmann drei.

»Ich geh' da nicht rein«, jammert Wachmann eins. Sein Magengeschwür muß ihn umbringen.

»Das hier gefällt mir nicht«, stimmt ihm Wachmann zwei zu.

Zugehen wird die Türe nicht wieder, egal, was noch geschehen mag. Das werde ich nicht zulassen. Aber jetzt muß ich eine Entscheidung fällen. Es gibt nur eine Geisel, mit deren Hilfe ich dorthin gelange, wo ich hin will, und das ist General Havor höchstselbst. Wenn ich Arturo entführe, wird der General seinen Männern befehlen, auf uns beide zu feuern. Und wenn ich mir irgendeinen Wachmann schnappe, wird der General ihn erst recht für ersetzbar halten. Ein Schuß aus den eigenen Reihen – *friendly fire* nennen das die Militärs. Im Moment steht der General etwa fünfzehn Meter entfernt im Gang. Jede Menge Soldaten befinden sich zwischen ihm und mir. Ich muß ihre Zahl reduzieren. Die Männer sollen in Panik geraten und fliehen.

Damit das geschieht, werde ich Schmerzen verursachen müssen.

In einer blitzartigen Bewegung – zu schnell, als daß die Soldaten sie wahrnehmen könnten – rutsche ich auf den Türrahmen, beuge mich heraus aus dem Käfig, packe einen der Soldaten an den Haaren und ziehe ihn mit mir zurück in die Ecke. Der Mann schreit unter meinen Händen auf, und ich lasse ihn eine Weile gewähren. Bestimmt kommt er sich vor wie eines der Opfer in den Alien-Filmen. Weil er so laut brüllt, brauche ich eine Weile, bis ich seine Stimme erkenne.

Es ist Wachmann drei. Der also, der in seiner Freizeit Science-fiction schreibt.

Bestimmt hat er dann sogar *alle* Alien-Filme gesehen.

Ich nehme ihm die Waffe ab und halte ihm die Hand auf den Mund.

»Pssst!« mache ich. »So schlecht, wie es aussieht, steht es gar nicht mal um dich. Ich werde dich nicht töten, jedenfalls nicht, wenn du mit mir zusammenarbeitest. Ich weiß über dich Bescheid, und du gefällst mir. Das Problem ist bloß: Ich muß deine Freunde da draußen schocken. Einen kleinen Schrecken haben wir beide ihnen ja schon eingejagt. Jetzt will ich, daß sie an den Punkt kommen, wo sie nur noch abhauen wollen, ganz egal, was ihnen euer General erzählt. Kapito?«

Seine Augen treten weit hervor. Er nickt.

Ich lächele. »Sehr gut. Wahrscheinlich stellen sie sich gerade vor, daß ich dir das Herz rausreiße. Und wenn du mir ein kleines bißchen dabei hilfst, kriege ich sie soweit, daß sie auch voll davon *überzeugt* sind. Dafür brauche ich dir kaum weh zu tun. O, zuck nicht zusammen bei dem Gedanken an Schmerz. Ich will ehrlich zu dir sein: Ich werde dich ein wenig aufritzen, damit ich einen warmen Blutstrahl von dir auf den Gang spritzen kann. Mit Blut spritzen hat immer einen tollen Effekt, vor allem, wenn Vampire mit im Spiel sind. Und während ich das mache, möchte ich, daß du hier Zeter und Mordio schreist. Kriegst du das hin?«

Er nickt.

Ich kneife ihn.»Sicher?«

»Ja«, krächzt er. »Ich will nicht sterben. Ich habe Frau und zwei Kinder.«

»Weiß ich doch. Und dein Schwager ist Anwalt. Übrigens: Hör nicht auf ihn. Er ist wie alle Anwälte. Bloß neidisch auf alle, die einem anständigen Broterwerb nachgehen. Mach nur weiter mit deinen Romanen. Wenn du willst, kannst du ja mal einen über mich schreiben. Aber laß mich blond darin sein. Diese roten Haare hier sind nur gekauft.«

»Wie heißt du?« fragt er. Ein wenig hat er sich beruhigt.

Zu beruhigt will ich ihn nun aber auch nicht werden lassen. »Ich bin Frau Satan.« Ich kratze ihm die Haut auf der Innenseite des rechten Arms auf, reiße sein Fleisch hervor, so daß jede Menge Blut fließt. »Fang an zu schreien, Freundchen.«

Wachmann drei tut wie befohlen. Er liefert eine bühnenreife Show ab – zur Hälfte glaubt er ja auch daran, was er sagt. *»Mein Gott! Aufhören! Holt mich hier raus! Sie reißt mir das Herz raus!«* Ganz so ins Detail hätte er ja nun auch nicht gehen müssen, aber ich will es ihm mal durchgehen lassen. Während er in Richtung seiner Kameraden schreit, schürze ich die Lippen und puste auf das Blut, das ihm aus dem Arm läuft. Meine Lungen haben ein ganz nettes Volumen. Das Blut schießt geradewegs auf den Gang. Entsetzt schreien die Männer auf. Schlimmer als Vietnam, denken sich die meisten.

Dabei war das hier doch noch gar nichts.

»Und jetzt bitte einen schön lauten Todesschrei«, befehle ich Wachmann drei. »Laß ihn langsam abklingen. Dann werfe ich dich runter hinter die Türe, wo sich mein Freund versteckt. Dort solltest du bleiben, wenn die Knallerei losgeht. Ich warne dich jetzt schon: Ich werde eine Menge deiner Freunde töten müssen. Wenn ich fertig damit bin, darfst du raus aus dem Gebäude. Mach, daß du hier ganz wegkommst, so schnell du kannst. Klau dir einen LKW, wenn es sein muß. Es wird ungemütlich heiß hier werden. Verstanden?«

»Ja. Bringst du mich nicht um?«

»Nein. Wenn du genau tust, was ich dir sage, wird dir nichts geschehen.«

Der Wachmann stößt den Todesschrei aus. Ich lasse es noch einmal Blut in den Gang hinein regnen. Dann stoße ich den Mann zu Joel hinab. Der klopft ihm beruhigend auf die Schulter. Ich reiche Joel die Waffe und weise ihn an, sie griffbereit bei sich zu halten. Vor der Türe schreien ein paar der Soldaten herum. Sie haben sich ein wenig zurückgezogen. Aber nicht weit genug, um sicher vor mir zu sein. Ich schnappe mir den nächsten. Er trägt eine Maschinenpistole, die ich zwischen Tür und Rahmen einklemme. Er riecht nach Hamburger und Pommes frites. Nicht gut verdaulich, offenbar. Ich kenne diesen Soldaten nicht. Und das wird er erst recht nicht gut verdauen.

»Du wirst jetzt sterben«, hauche ich ihm in sein vor Entsetzen entstelltes Gesicht. »Tut mir leid, aber es muß sein.«

Ich töte ihn qualvoll. Seine markerschütternden Schreie und sein Blut vermischen sich zu einem derart grauenerregenden Szenario, daß die meisten der Soldaten sich wie in einem Alptraum fühlen, aus dem es kein Aufwachen gibt. Als ich fertig bin, werfe ich ihnen das, was von seiner Leiche übrig ist, in den Gang vor die Füße. Eine scheußliche Sache – und der Schrecken, der in der Luft liegt, ist so greifbar wie die massive Metalltüre, die sich nicht mehr schließen läßt.

Diese Exekution hat mich durcheinandergebracht. Wenn ich schon gezwungen bin, jemanden umzubringen, tue ich es lieber effektiv und ohne Schmerzen. Noch ein weiteres Beispiel will ich hier nicht abliefern – danach ist mir nicht.

Zeit, aus dem Gebäude rauszukommen, mit Joel und General Havor in meiner Obhut. Ich lasse mich von meiner Position oben an der Decke hinabgleiten, greife nach der Maschinenpistole und beginne zu feuern. Wie angewurzelt stehen die Männer draußen vor der Tür und fallen dann wie Kegel tot zur Seite.

Ich töte acht von ihnen und trete dann hinaus in den Flur.

Am andern Ende stehen Arturo und General Havor. Sie sind jetzt schon dreißig Meter entfernt und ziehen sich rasch weiter zurück. Zwischen ihnen und uns halten sich noch immer viele Soldaten auf. Ich darf nicht zulassen, daß der große Häuptling ohne mich aus dem Gebäude kommt. Der blutige Springbrunnen, den ich mit den ersten beiden Männern veranstaltet habe, zeigt jedoch spätestens jetzt volle Wirkung. Die Soldaten drängeln und schubsen sich hinter General Havor und Arturo, halten diese dadurch auf und verhindern, daß die beiden schlicht und einfach abhauen. General Havor hat die Kontrolle über seine Leute verloren. Ich gebe eine gute Zielscheibe ab hier im Gang, doch ertönt keinerlei Schießbefehl. Die Männer glauben einfach nicht mehr daran, daß dieser Hexe mit schlichten Kugeln beizukommen ist.

Statt dessen wünschen sie sich, daß sie die Tür niemals aufgemacht hätten.

»Waffen fallenlassen, und ich lasse euch leben!« brülle ich.

Die meisten vor mir ergeben sich auf der Stelle. Den anderen, die auf mich anlegen, schieße ich in den Kopf. Jedem einzelnen schaue ich dabei in die Augen, frage mich, was er im Leben erlebt hat und wen er zurückläßt. Ganz ehrlich: Wenn es nur um mein Leben ging und nicht um die Gefahr, daß mein Blut in die falschen Hände fällt, dann würde ich mich von ihnen niedermachen lassen. So aber trage ich Verantwortung für die gesamte Menschheit. Das ist der ehrenhafte Beweggrund für das Handeln jedes bedeutenden Mannes und jeder bedeutenden Frau, aber auch der eines unerbittlichen Monsters. Selbst nach meinem Geschmack fließt hier zu viel Blut.

Arturo und General Havor verschwinden gerade um die Ecke.

Ich rufe Joel zu, zu mir auf den Gang zu kommen.

Vorsichtig späht er nach draußen. Er stöhnt auf.

»Nichts auf der Welt kann das wert sein«, flüstert er.

»Wahrscheinlich hast du recht«, antworte ich hastig. »Aber wir müssen eben raus hier. Und dafür brauchen wir General Havor.«

»Wo ist er?«

»Auf der oberen Etage.« Ich packe Joel mit meinem freien Arm und lege die Hand dann schützend auf seinen Kopf. »Laß uns zu ihm gehen.«

Ich springe hoch und krache durch die Decke. Dabei kommt mir wieder Yakshas Blut zu Hilfe. Ohne es hätte mir diese Bewegung anständige Kopfschmerzen bereitet. So aber hält mich die Decke kaum auf. Ich ziehe Joel durch das Loch, das ich aufgerissen habe, und schon stehen wir beide auf dem Fußboden des Erdgeschosses. In nackter Panik verstopfen Soldaten auf der Flucht nach draußen die Treppen. Inmitten der Flut von Menschenleibern kämpfen sich Arturo und General Havor weiter vor. Ich hebe die Waffe und ziele auf General Havors rechten Oberschenkel. Für den Bruchteil einer Sekunde kommt er mir ins Visier. Ich jage eine Kugel hinein. Der General strauchelt und stößt einen Schrei aus. Keiner hilft ihm auf, schon gar nicht Arturo. Ich packe Joel am Arm.

»Komm!« sage ich.

Die Menge schreit auf und treibt auseinander, als ich in sie hineinwate. Ob mir meine roten Haare nicht stehen? Oder liegt es etwa eher daran, daß ich von Kopf bis Fuß in Blut getränkt bin? Ich muß aussehen, wie eine Bestie, die aus der Tiefe der Hölle emporgestiegen kommt. Arturo ist bereits außer Sichtweite, aber General Havor liegt hilflos am Rand des Flurs. Er kann von Glück sagen, daß sie ihn nicht zertrampelt haben. Weniger Glück hat er allerdings damit, daß ich es bin, der ihm auf die Beine hilft.

»General Havor,« sage ich. »Ich bin erfreut, Sie endlich persönlich kennenzulernen. Entschuldigen Sie bitte, daß ich Sie als erstes um eine kleine Gefälligkeit bitten muß. Seien Sie doch so nett und bringen Sie mich und meinen Freund in die Höhle hinter diesem Gelände. Ach ja, und dann bräuchte ich noch einen dieser thermonuklearen Sprengköpfe, die Sie dort aufbewahren. Ich habe viel Freude am Feuer, wissen Sie, vor allem auch an Explosionen. Die können mir gar nicht groß genug sein.«

16. KAPITEL

Auch die Höhle verwandelt sich in ein Gefängnis. Wir gelangen zwar ohne nennenswertes Blutvergießen bis zum Eingang, doch als wir eintreten, bin ich gezwungen, alle Soldaten, die sich darin befinden, zu töten. Das schier endlose Abschlachten macht mir schwer zu schaffen, und Joels verzweifelter Gesichtsausdruck tut das seine, um mich zum Aufhören zu bewegen. Doch aufhören kann ich erst, wenn alles vorüber ist. So oder so. Es ist gegen meine Natur, einfach nur aufzuhören.

Wir sind kaum drinnen, als draußen die noch übrigen Soldaten die Tür hinter uns schließen. Das Metall hier ist genauso dick wie das der Zellentür; es trennt die Schienen der Mini-Eisenbahn, die zwischen dem Gelände und dem Inneren des Hügels verkehrt, in zwei Teile. Sie drehen uns auch das Licht ab, doch gibt es eine Notbeleuchtung. Joel und dem General zuliebe schalte ich sie ein. Das grelle Licht wirft schauderhafte Schatten über das von mir angerichtete Gemetzel. Überall ist Blut. Im düsteren Schweigen, das hier unten herrscht, und auch in meinem rasenden Gehirn verschmiert das Rot. Fast scheint es, als bluteten die Höhlenwände. Ich bemühe mich, die Toten nicht mehr zu zählen.

»Das wollte ich nicht«, sage ich nur und deute mit der Waffe auf den General, der auf der Kante eines kleinen Eisenbahnwaggons sitzt, der Vorräte an diesen geheimen Ort bringt. Sein Bein blutet noch immer stark, doch er gibt keine Klagen von sich. Er ist ein fürchterlicher Typ Mensch, aber ungewöhnlich kraftvoll. Ein harter Mann mit stumpfem Gesicht und einem Haarschnitt wie eine Krankheit. »Es ist Ihre Schuld«, sage ich dann noch.

Das bringt ihn auch nicht aus der Fassung. »Sie können sich jederzeit ergeben.«

Ich knie neben ihm. Joel sitzt links von mir auf dem Boden. Er sieht unglaublich müde aus. »Kommt überhaupt nicht in Frage«, lasse ich den General wissen. »Ich lebe schon eine ganze Weile auf dieser Erde. Und die Menschheit hat sich nur deshalb fortentwickeln können, weil ich sie in Ruhe gelassen habe. Ich schaue mir immer genau an, was geschieht. Ich bin nicht scharf darauf, eine besondere Rolle einzunehmen. Begreifen sie, daß ich Ihnen die Wahrheit erzähle?«

General Havor zuckt mit den Schultern. »Heute scheinen sie Ihre Einstellung geändert zu haben.«

Ich schlage eine härtere Gangart ein. »Sie haben mich dazu veranlaßt.« Ich deute auf die Toten, die um uns herumliegen. »Alles ist Ihre Schuld. Schauen Sie sie an. Sind Ihnen die alle eigentlich ganz egal?«

Er wirkt gelangweilt. »Was wollen Sie? Eine Atombombe?«

Ich richte mich wieder auf und schaue auf ihn herab. »Ja. Das ist genau das, was ich will. Und ich will, daß Sie sie mir zeigen und scharfmachen.«

»Meinen Sie vielleicht, ich bin übergeschnappt?« schnaubt er.

»Ich weiß es sogar. Ich habe in Ihre Seele geschaut. Ich weiß genau, was Sie tun wollen, wenn Sie endlich mein Blut in den Adern haben. Sie wollten Arturo umbringen und mich vergewaltigen.«

»Das hätten Sie wohl gerne, was?« gibt er großspurig zurück.

Ich schlage ihm hart ins Gesicht, so daß sein Nasenbein bricht. »Sie gehen mir auf den Senkel. Ich kapiere nicht, wie Arturo sich mit Ihnen hat zusammentun können. Er muß sehr verzweifelt gewesen sein. Übrigens: Er und ich sind nicht vom gleichen Schlag. Ich bettele nie um irgend etwas, aber ich weiß, wie ich Sie ans Betteln kriege. Geben sie mir den Sprengkopf und machen Sie ihn scharf, oder ich mache Sie so lange fertig, bis Sie glauben, der Soldat, den ich in der Zelle auseinandergenommen habe, sei eines friedlichen Todes gestorben.« Erneut hebe ich die Hand zum Schlag. »Also?«

Er hält sich die Hand an die Nase; das Blut läuft ihm zwischen den Fingern hindurch. »Darf ich erfahren, was Sie mit dem Sprengkopf vorhaben?« fragt er.

Ich fasse ihn so hart ins Auge, daß er sich instinktiv vor mir duckt.

»Ich werde den Platz hier ein bißchen aufräumen«, gebe ich zurück.

General Havor willigt ein, mir eine Bombe auszuhändigen. Er holt sie aus dem Innern der Höhle und rollt sie auf dem Waggon herbei. Schwarz und flach schaut die Sache aus, mit schmal zulaufender Spitze und einem ausgeklügelten Kontrollkasten an der Seite. Das Ganze erinnert an einen alten Sciene-fiction-Film. Der General läßt uns wissen, daß wir es mit zehn Megatonnen zu tun haben, also mit zehn Millionen

Tonnen TNT. Ich weise auf die bunt verschlüsselten Knöpfe an der Seite.

»Kann sie auf eine bestimmte Zeit eingestellt werden?« frage ich.

»Ja. Der Zünder kann auf Detonation in zehn Minuten oder in zehn Jahren eingestellt werden.«

»Zehn Jahre sind für meinen Geschmack ein bißchen zu lange. Aber wenn Ihre Leute mir gehorchen, werden sie genug Zeit haben, sich aus dem Staub zu machen. Sobald wir wieder draußen sind, machen Sie ihnen meine Position klar. Was mich zum nächsten Punkt bringt.« Ich weise auf die Metallwand, die den Eingang versperrt. »Wie kriegen wir diese Tür auf?«

»Sie läßt sich von innen nicht öffnen. Sie haben uns den Strom abgestellt.«

»Gibt es eine Funkverbindung?« fragt Joel. »Können Sie über Funk zu ihnen sprechen?«

General Havor zuckt mit den Schultern. »Ich habe ihnen nichts zu sagen.«

Ich packe ihn am Kragen. Der Typ kotzt mich an.

»Sie werden ihnen erzählen, daß wir hier einen scharfen Sprengkopf haben, der in fünfzehn Minuten explodiert«, ordne ich an. »Das entspricht übrigens haargenau den Tatsachen. Außerdem werden Sie sie darüber informieren, daß sie uns herauslassen müssen, um die Bombe zu entschärfen. Und schließlich werden Sie andeuten, daß ich verhandlungsbereit bin.«

Er lacht mich nur an. »Sie können mit mir machen, was Sie wollen. Sie kriegen mich nicht dazu, diesen Sprengkopf scharfzumachen.«

Ich lasse ihn wieder los und trete einen Schritt zurück. »Glauben Sie nicht, Sie könnten hier Spielchen mit mir machen, General. Glauben sie nicht, das Schlimmste, was ich mit Ihnen anstellen könnte, wäre, Sie umzubringen. Arturo hat Ihnen nie von der Macht meiner Augen erzählt.

Davon, wie mein Blick Ihr Gehirn dauerhaft zerschmelzen kann.« Einen Augenblick später füge ich hinzu: »Wenn Sie mir nicht innerhalb der nächsten zehn Sekunden den Code zum Scharfmachen mitteilen, werde ich derart in Ihre Stirn hineinstechen, daß Sie für den Rest Ihres Lebens den IQ eines Schimpansen haben.«

Er senkt den Kopf. »Ich kann nicht zulassen, daß Sie diese Bombe hochjagen.«

»Also gut.« Ich trete einen Schritt auf ihn zu und packe ihn am Kiefer. Ich reiße ihm den Kopf hoch und zwinge ihn so, mich anzuschauen. »Gut hinsehen, General! In die Augen einer Hexe, die Sie unter Kontrolle bekommen wollten. Schauen Sie hin, und Sie werden ein Feuer zu sehen bekommen, das ich eigens für Sie entfache.«

17. KAPITEL

Zehn Minuten später öffnet der ranghöchste Offizier draußen die Türe, und wir rollen einen einsatzbereiten Sprengkopf durch die kühle Nachtluft. Am Zünder hört man die Zeituhr ticken. Fünfzehn Minuten bis zum Jüngsten Gericht. Wenn wir allesamt mit vollem Tempo hier wegfahren, müßte es gerade noch reichen, der Explosion zu entgehen. Der Vollmond schimmert auf uns herab und taucht die ganze Wüste in ein milchig weißes Licht. Der Schauplatz wirkt so gespenstisch, als hätte sich hier bereits vor tausend Jahren eine atomare Explosion ereignet.

Eine kleine Armee richtet ihre Waffen auf uns.

Wir sind von allen Seiten umzingelt, von den Wachtürmen bis zu den Felsen auf der Anhöhe.

Vor einer Minute hat ihnen ein nuschelnder General

befohlen, uns laufenzulassen. Aber sie hören nicht auf ihn. Der ranghöchste Befehlshaber dort draußen ist nun Arturo.

Als wir aus der Höhle kommen, tritt er vor.

»Sita«, sagt er, »das ist doch Wahnsinn!«

»Du mußt mir gerade von Wahnsinn sprechen, Arturo.« Ich halte eine Pistole auf den Kopf von General Havor gerichtet und schirme mich und Joel mit seinem schwankenden Körper ab. Als ich ihm meinen magischen Blick ins Gehirn gebohrt habe, sind ihm die Tränen gekommen, doch er hat mir standgehalten. Ich mußte den größten Teil seines Gehirns zerstören, um das von ihm zu bekommen, was ich wollte. Ich deute auf die Bombe und füge hinzu: »Dieser Sprengkopf geht in weniger als fünfzehn Minuten hoch. Fast jetzt schon zu knapp für dich und deine Männer, hier noch wegzukommen.«

Arturo schüttelt den Kopf. »Wir können dich nicht entkommen lassen. Wir haben einen Befehl vom Präsidenten der Vereinigten Staaten bekommen. Du mußt unter allen Umständen aufgehalten werden.« Er zeigt auf die Männer um uns herum. »Wir sind austauschbar.«

Ich ringe mir ein Kichern ab. «Du wirst doch all diese Männer hier nicht opfern wollen«

»Das ist nicht meine Entscheidung.«

»Blödsinn! Für sie bist du doch jetzt hier der Befehlshaber. Befehl ihnen, die Waffen fallen zu lassen, und macht, daß ihr hier wegkommt.« Ich verstumme für einen Augenblick, füge dann hinzu: »Du bluffst nur.«

Arturo schaut mir in die Augen. Eingeschüchtert von meinem Blick ist er nicht.

»Ich bete nur, daß du es bist, die hier blufft«, sagt er leise.

Der Zeitzünder steht auf vierzehn Minuten.

Ich halte seinem Blick stand. »Wann hast du denn zum letztenmal gebetet, Arturo? Vielleicht vor der Inquisitionsverhandlung? Am Tag, bevor sie dich gehängt haben? Was ich damals getan habe, habe ich getan, weil ich die Gefahr erkannte, die mein Blut für diese Welt darstellt. Auch heute nacht hab ich all diese Leute aus dem gleichen Grund umgebracht, – um die Menschheit zu schützen.«

Arturo stellt sich dem Duell. »Uns zu schützen? Vor was denn? Vor der Chance, uns zu etwas Größerem zu entwickeln? Zu Lebewesen, die niemals älter werden, die nie einem anderen etwas zuleide zu tun brauchen? Früher hast du meine Mission belächelt. Aber meine Suche ist noch immer die edelste auf der ganzen Welt: Der Wunsch, die Menschheit in einen perfekten Zustand zu erheben, ihr zu erlauben, auf den Stand Gottes zu gelangen.«

»Man gelangt nicht auf den Stand Gottes, indem man sich mit einem Monster vermischt!«

Er ist überrascht. »Du bist doch kein Monster, Sita.«

»Und auch kein Engel. Oder höchstens ein Todesengel – jedenfalls, was die Menschheit angeht. Es ist wahr: Ich habe ein Recht auf ewiges Leben. Krishna hat mit dieses Recht gewährt. Aber nur unter der Voraussetzung, daß ich allein bleibe und nicht mehr von meiner Sorte in die Welt setze. Nun habe ich diesen heiligen Schwur gebrochen. Krishna wird mich dafür wohl hart verurteilen. Vielleicht hat er das ja sogar schon, und ich muß deshalb hier all diese Leute und mich selbst quälen. Aber was geschehen ist, ist geschehen. Ich bin, was ich bin. Die Menschheit ist, was sie ist. Wir kommen niemals zusammen. Verstehst du das denn nicht?«

»Verstehst du denn nicht, wer ich bin, Sita? Ich bin ein Beispiel dafür, was durch eine Fusion mit unserer DNS erreicht werden kann. Und ich bin ja nur ein unvollständiges Beispiel, weil ich den Prozeß nie abschließen konnte. Stell dir doch nur einmal vor, wohin sich die Menschheit entwickeln kann, wenn du mich nur ein paar Wochen mit deinem Blut experimentieren läßt. Selbst ein paar Tage würden schon reichen. Das ist alles, worum ich dich bitte. Wenn ich fertig bin, lasse ich dich frei, das verspreche ich dir. Ich werde alles so arrangieren, daß du auf freien Fuß kommst.«

In meine Stimme mischt sich Traurigkeit: »Arturo, ich verstehe genau, wer du bist. Ich sehe genau, was aus dir geworden ist. Als junger Mann warst du der ideale Mensch: fromm, liebevoll und hochintelligent. Aber deine Intelligenz wurde an dem Tag vergiftet, als du mein Blut bekommen hast. Deinem Experiment zuliebe hast du sogar den Jungen geopfert, den du geliebt hast. Du hast auch uns beide geopfert, die Liebe, die wir füreinander empfanden. Du hast mich angelogen, und das tust du heute wieder. Deine Hingabe gilt gar nicht länger Christus – sie gilt einzig und allein dir. Ich habe meinen Gott auch belogen, aber ich liebe ihn trotzdem nach wie vor und bete darum, daß er mir meine Sünden vergeben möge. Ich liebe auch dich noch und bete, daß du deinen Leuten den Befehl gibst, uns laufenzulassen. Genau wegen dieser doppelten Liebe kann ich mich nicht ergeben. Du darfst mein Blut nicht bekommen.« Ich verstumme. Nach einer Weile füge ich hinzu: »Niemand darf das.«

Arturo kennt mich.

Er weiß, daß ich nicht bluffe, nicht, wenn es um Leben und Tod geht.

Der Zeitzünder steht auf dreizehn Minuten. Unglückszahl dreizehn.

Sein Gesichtsausdruck und seine Stimme lassen Resignation erkennen. «Ich kann dich nicht entkommen lassen,« sagt er leise.

Ich nicke. »Dann bleiben wir eben hier, bis die Bombe hochgeht.«

Joel blickt mich an. Ich schaue ihn schweigend an. Es gibt nichts mehr zu sagen.

Arturo steht da wie eine Statue. Der Mond scheint auf uns herab.

Zwölf. Elf. Zehn.

Zehn Minuten könnten immer noch ausreichen, der Explosion zu entkommen.

»Arturo, ti prego«, sage ich mit einmal. *»Arturo, bitte* – Sag doch wenigstens deinen Leuten Bescheid. Laß sie fliehen. Ich habe schon genug Blut an den Händen.«

»Die Explosion wird kein Blut mehr übriglassen«, erwidert er und richtet den Blick hoch zum Himmel. »Wir werden zu Staub zerfallen und vom Wind davongetragen werden.«

«Für dich und für mich in Ordnung. Wir haben lange genug gelebt. Aber die Leute hier sind doch fast alle noch jung. Sie haben Familie. Gib den Befehl – es werden trotzdem genug hierblieben, um mich und Joel an der Flucht zu hindern.«

Arturo seufzt und dreht sich ab. Er hebt die Arme und brüllt: »Einheit G und Einheit H: Ihr könnt gehen. Los, los! Hier geht gleich eine Atombombe hoch!«

Eine Riesenpanik entsteht. Ich gehe davon aus, daß jetzt noch mehr hier wegwollen, als nur die Einheiten G und H. Reifen quietschen. Das Eingangstor wird aufgestoßen. Die Fahrzeuge donnern hinaus und verschwinden. Mit hundertsechzig Sachen in der Stunde können sie immerhin noch zwanzig Kilometer zwischen sich und den Explosionsherd bringen. Das sollte reichen, um zu überleben. Aber etliche bleiben zurück, und die werden nicht überleben. Noch immer bewachen uns viel zu viele Männer. Wenn wir die Flucht versuchen, machen sie uns nieder. Lieber also die Sache beenden, wie sie gerade ist. Einfach stehenbleiben. Sich auflösen in einer alles verzehrenden Flamme.

Dann fällt mir etwas ein.

»Die Zelle, in der er steckt, könnte noch nicht einmal von einer Atombombe zerstört werden.« Aber sie werden uns auch dann abknallen, wenn wir Richtung Laborgebäude fliehen.

Zum erstenmal in meinem langen Leben sehe ich keinen Ausweg.

Die Zeit verstreicht.

Acht. Sieben. Sechs. Fünf.

»Ich weiß noch nicht einmal, ob der Sprengkopf wieder entschärft werden kann, wenn er erst einmal scharfgemacht worden ist«, murmele ich.

»Kann er nicht«, stammelt der General.

»Oh«, mache ich nur noch.

Dann plötzlich spüre ich etwas Merkwürdiges in mir. Es ist eine leise, aber anhaltende Schwingung. Der Mond steht direkt über uns. Seit wir aus der Höhle heraus sind, hat er uns angestrahlt. Was ich bei all dem, das um mich herum vorging, gar nicht mit bekommen habe, ist, daß der Mond meinen Körper regelrecht aufgeladen hat, seit wir im Freien stehen. Er hat ihn nahezu durchsichtig werden lassen. Ich komme mir vor wie aus Glas. Sehr interessant, finde ich, und dieses Mal mußte ich noch nicht einmal meine Kleider dafür ausziehen. Arturo ist es, der außer mir als erster erkennt, was geschieht.

»Sita!« schreit er. »Was geht mit dir vor?«

Joel, der neben mir steht, keucht: »Ich kann durch dich hindurchsehen!«

Ich lasse den General los und schaue auf meine Hände. Durch die offenen Handflächen und durch die Finger hindurch kann ich den Boden sehen. Doch kann ich auch erkennen, wie mir das Blut durch die Adern fließt, wie die winzigen Kapillargefäße leuchten wie ein komplexes Gespinst aus Faseroptik. Ein kühler Hauch von Energie überkommt mich, mein Herz fühlt sich jedoch seltsam warm an.

Warm sogar noch, als es bricht.

Das weiße Leuchten breitet sich um mich herum aus.

Ich begreife, daß ich einfach abheben und davonfliegen kann.

Yakshas Blut, vielleicht ja auch die Gnade Krishnas, geben mir noch eine Chance.

Will ich sie aber überhaupt? Ich spüre, wie ich die Erde verlasse. Ich nähere mich Joel, will ihn umarmen, ihn mit mir nehmen.

Doch mein Arm geht durch ihn hindurch!

»Joel!« rufe ich. »Kannst du mich hören?«

Er kneift die Augen zusammen. »Ja, aber ich kann dich gar nicht mehr klar sehen. Was geschieht denn hier? Ist das wieder eine übernatürliche Fähigkeit von Vampiren?«

Leuchtend schwebt mein Körper nun dicht über dem Boden.

»Es ist ein Geschenk«, erwidere ich. Trotz meines ungewöhnlichen physischen Zustands stehen Tränen in meinen Augen. Weiße Diamanten, die in rotem Glanz funkeln, als sie über meine durchsichtigen Wangen gleiten. Wieder einmal muß ich mich von denen verabschieden, die ich liebe. »Es ist ein Fluch, Joel.«

Er lächelt. »Flieg fort, Sita, weit weg. Deine Zeit ist noch nicht vorüber.«

»Ich liebe dich«, sage ich.

»Ich liebe dich auch. Die Gnade Gottes ist noch immer bei dir.«

Der Boden befindet sich jetzt schon etwa einen halben Meter unter mir. Arturo will mich festhalten, doch es gelingt ihm nicht. Er weicht zurück und schüttelt resigniert den Kopf.

»Wahrscheinlich hast du recht«, meint er. »Die Menschheit ist noch nicht bereit dafür.« Dann fügt er noch hinzu: »Alles, was du brauchst, ist bei mir im Keller. Du hast die Wahl.«

Ich verstehe nicht, worauf er anspielt. Doch ich schenke ihm ein letztes Lächeln und fliege ein Stück höher.

»*Ti amo*«, hauche ich ihm zu.

»*Ti amo anch`io*, Sita.«

EinWindzug erfaßt mich. Plötzlich steige ich hoch in die Luft. Um mich herum scheinen die Sterne. Wie eine fremde Sonne aus dem Zentrum einer entfernten Galaxie brennt der Mond auf mich herab. Er ist so unglaublich hell! Meine nun unsichtbaren Augen können den Glanz kaum ertragen, und ich bin gezwungen, sie zu schließen. Gerade in diesem Augenblick entzündet sich unter mir ein noch grelleres Licht. Seine glühenden Strahlen steigen empor und durchdringen meinen ätherischen Körper. Gewaltige Hitze entsteht, gewaltiges Getöse. Eine Schockwelle prallt auf mich, so dick wie ein Granitgestein. Doch ich spüre keinerlei Schmerzen; ich werde einfach fortgeschwemmt, auf den Strömungen der Zerstörung und den Flutwellen des Todes. Das Gelände existiert nicht mehr, das gestohlene Blut hat sich buchstäblich in Rauch aufgelöst. Die Welt ist wieder sicher. Doch ich, Sita, bin erneut verloren in der Tiefe der Nacht.

EPILOG

Zu meiner großen Überraschung hat die Wohnung von Arturo in Las Vegas tatsächlich einen Keller. Am Tag nach der Atomexplosion spähe ich durch die sorgsam verborgene Falltüre und entdecke unten Kupferplatten, magnetische Kreuze in merkwürdiger Anordnung und – am bedeutendsten von allem – ein leeres Kristallfläschchen, das darauf wartet, mit Blut gefüllt zu werden. Über dem Fläschchen hängt ein Spiegel. Er kann entweder die Sonne oder den Mond reflektieren, je nachdem, wieviel man aufs Spiel setzen will.

Ich rufe Seymour Dorsten an und gehe mit ihm durch, was in Frage kommt.

Warten! rät er mir. Er macht sich schon auf den Weg zu mir.

Ich setze mich hin und warte. Nur langsam vergeht die Zeit.

»Alles, was du brauchst, ist im Keller.«

Will ich denn immer noch eine Tochter? Oder will ich weiterhin unsterblich bleiben?

Schwierige Fragen. Eine Antwort darauf habe ich nicht.

Seymour kommt. Er weiß, wie er sich an meiner Stelle entscheiden würde.

Mensch zu sein ist nicht das Allergrößte, erklärt er mir.

Vampir zu sein macht müde, kontere ich.

Mir ist klar, daß ich die Transformation versuchen werde.

Aber dafür brauche ich etwas von seinem Blut.

Mach mich erst zum Vampir, bittet er.

Das klappt nicht, erinnere ich ihn.

Doch, protestiert er.

Die Antwort bleibt: Nein.

Ich nehme ihm Blut ab, mache das Fläschchen randvoll und sage ihm, er solle sich aus dem Staub machen.

Als die Sonne ihren höchsten Stand erreicht, lege ich mich auf die Kupferplatte.

Die Magneten entziehen mir die Aura. Die Magie beginnt.

Als ich aufwache, fühle ich mich schwach und habe keinerlei Orientierung. Jemand klopft an die Türe. Meine Haut fühlt sich ungewohnt schwammig an, und vor meinen Augen erscheint alles unscharf. Ich weiß noch nicht einmal, wo ich mich befinde. Ich weiß nur, daß es dunkel ist. Das Blut hämmert mir im Kopf, und ich spüre, daß ich mich übergeben muß.

Ich gehe zur Zimmertüre.

Vor dem Seitenfenster bewegt sich ein Schatten entlang.

Gerade, als ich aufmachen will, fällt mir alles wieder ein.

»Bin ich ein Mensch?« flüstere ich zu mir selbst.

Doch ich habe keine Gelegenheit, es zu erfahren.

Wieder klopft es.

»Wer ist da?« frage ich heiser.

»Dein Schätzchen«, erwidert jemand.

Seltsam. Hört sich gar nicht an wie Seymour.

Doch die Stimme klingt vertraut. Und ich denke, daß ich sie seit langer Zeit kenne.

Allerdings klingt sie auch fordernd. Ungeduldig.

»Mach auf!« ruft jemand.

Soll ich das wirklich tun?

Mir geht eine Menge durch den Kopf, während ich meine zitternden Hände betrachte.

ENDE

Band 74 007

Christpher Pike

Der blonde
Vampier (2)

Deutsche
Erstveröffentlichung

Alisa Perne, die letzte Vampirin, und ihr Freund Ray haben es geschafft, ihrem Todfein Yaksha zu entkommen. Dieser ist mit ihrem Haus in Mayfair in die Luft geflogen – das zumindest glaubt Alisa. Aber dann geschehen eine Reihe brutalster Morde, die nur das Werk anderer Vampire sein können. Wer, wenn nicht Yaksha, hat diese Kreaturen geschaffen? Alisa muß es herausfinden. Doch ihr geheimnisvoller Gegner dreht den Spieß um – und beginnt ein Spiel, bei dem nur einer von Ihnen überleben kann...